ビルを飛ぶ

山内ゆう

ビルを飛ぶ　目次

表紙デザイン　虹色社
表紙写真

ビルを飛ぶ

ここには水がない、だから花は咲かない。年季の入ったつり革を握りながら、そう静かに思った。

季節と、心持ちやあらゆるほとんどが一斉に変わったせいだろう。七月の初め、酷く頭が痛かった。けれど私はいつもと同じ二十二分の電車に乗った。

しかし不運にも携帯電話を忘れてきてしまった。これに対して私は無力でしかない。その現れとして、電車は定刻通りに発車し、ぐんぐん進んでいく。

落胆して見下げた足元に、一本の空のペットボトルが転がっていた。ラベルには〝美しい花の香り・毎日を変える贅沢なｎｅｗ紅茶〟。はあ――咲かない、咲かない。

＊＊＊

そしてすっぽりと日常《いつも》のビルに挟まる。

あなた、私、建物。


コツンコツン、とノック。

「おはようございます。調子はどう」

「この前もらった薬飲み始めてから寝つきがいいんです。日中の気怠さもあんまり気にならなくなりました」

「そうですか。食欲はどうですか」

「はい。きちんと食べています」

私は言った。

「ええ。ではお薬はそのままで。次回はまた四週後でいいでしょうか？」

「はい。お願いします」

続けて山川君は言った。

「最近ペンギンがたくさん見えるんです」

私は彼の方に体を向けて言った。

「そうですか。ペンギンはたくさんいますからね。困っていますか？」

「いいえ」

「では四週後また待っていますね」

カタンとドアが閉まり、暫くしてズバンと豪快にドアが開く。

「いやせんせ、あちぃよ汗がとまんね。ほんと。まじあちぃ」

「おはようございます野村君。どうですか？」

「先週ですよ、風の匂い変わったんすよね。分かったの俺。んで近くの店の屋根の下にいたんですよね。そしたらすぐアスファルトをっすねバシバシとゲリラ豪雨。たまんないっしょこれが危機一髪ミゴト。しょうがねえしリュックひらいて一缶だけっすよ飲んで。んで雨やんだんで二、三歩か五、六歩、まあ数歩……歩いたら膝が急にカクーンってなっちゃってもう倒れたっす。そしたら救急車呼びましょうか？　って、バカかって聞くなって呼べよっちゅーこと。

ああそんな具合ですけど」

「そうね、うん。すぐに具合みましょうか、どうでしょう」

「嫌っすぜってー、まじでほんとそれだけは勘弁、生き地獄」

「野村君、生きていたら地獄には行けませんよ」

「いや、せんせ、俺はなんにも悪くないって事くらい分かってんす。でも、なにもかも俺のせいじゃねえってのに周りの連中が幸せそうにしてる。そういう奴らみてると頭突きしてやろうかって思うわけ、まじで」

「わかりますよ。絶対に入院しなさいとは私も言いませんから。あなたが他人に頭突きしない人生をいつも見守っていますよ」

「いやあ、ありがてえなあ、死ぬほどありがてえっす。じゃあ」

予約を入れたら必ず来る、とドカンとドアが閉まる。

「中村ちゃん、やほ」

パタン、パタンとドアが鳴る。

「いいのよ本田ちゃん。どうぞ座って」

照れないで、私なんか今日財布まで忘れるところだったのよ、という表情を本田ちゃんに見せる。それが理解できる賢さと丁寧な彼女の考え方がこの空間に馴染む。今日はそれをオレンジの発色のよい唇がまとめていた。いつも通りの空間を、だ。

「リップ変えたよね？」

「まあね」と横髪に指をやる。

「ちょっと太った？」

「中村ちゃんよりかは痩せる努力はしてるつもりよ」

「ほんとかなあ。昨日何食べた？」

「えっと、小麦粉かな」

「うーん、そっか。大学は楽しい？」

まあね、との返事の引き換えに私は来週の予約を言い渡す。

回る回る、時計の針が。くるくると回って私は老いていく。大切なお話を聴いて大切な事を話す。たった数分前の自分も、今はここにはいない。楽しい事なんてこの世にはたくさんある、死ぬほどね。この部屋にいる間はそう思える。

数分前から私の口癖は〝死ぬほど〟になった。

ここでは真剣になって相手の身になった様に感じてトライしてみる。そうしたらあっという間に時間が過ぎていく。塵ほどすらの障害もない――眩暈がしそうだ。

＊＊＊

お腹すいたなあ――そんな事を思いながら横断歩道を足早に渡り、水道橋にさしかかるところだった。

むかし友達に、お腹がすいたから家に帰るんじゃないの？　と言われて、私は、家に帰ったからお腹がすいたんだと思うんじゃないの？　と答えた事がある。自宅の冷蔵庫に何でもある訳じゃないし、ましてや私は、そう、何も無いから余計に食欲がわいてくるんだと思っていた。

　一日の半分以上を食べて過ごすアマゾンの動物と違って、いまは朝食はほとんど食べないし、昼食もクリニックの隣のインド・ネパール料理店マリカでテイクアウトするお決まりのチャイとチキンティカ二つ。

　美味しかったらそれを半年は食べ続ける。毎日毎日同じものを。別に飽きないし、それに、健康に気を遣ってわざわざサプリメントなんか飲んだりしない。

　逆に、気に入ったものがあればそれこそわざわざ三十分以上もかけて電車を乗り継いで食べに行く。〝生きることは食べることだ！〟なんて事を言っていた人もいたけれど、案外それ以上の理屈はないかもなあと未だに思っている。


　私だけが運よく命拾いして、運よく大人になり、運よく仕事をしている。神様ありがとう、なんて思うか。アーハン？　パードゥン？　アイドンノー。続けて言うならマイ・エフォート・ワ・レワーディッド。

　私は私の努力で生きている。誰かの為に過ごしてきた時間などないはずだ。

シンディーローパーが1984年に発表したファーストシングル「ガールズ・ジャスト・ワナ・ハヴ・ファン」。
最後はこうだ。

「女の子が望んでることってそういうこと
楽しみたいの
仕事が終わったら
女の子は自由に楽しみたいのよ
ただ楽しみたいだけ
女の子だもの
ただ今を楽しみたいだけなの」

この曲に幸運にも出会ったのは中学二年生の夏。
私がもし山で遭難したとしたら、この曲を屈強な山男たちの腕と肩が痺れるくらい大きいスピーカーで派手にかけてほしい。そしたらなんて楽しい遭難だったことでしょう、と救助隊の皆々に話すから。額にかすり傷ひとつだけあったとしても絆創膏なんて貼らないで。そんなのみっともないじゃない。だって私はシンディーと同じ永遠のガールなのよ。明日も明後日も楽しみたいの、絶対に。

＊＊＊

駅のホームで未華子に電話をすると「もうにゃんパーにいるよ」と言うので、下北沢に向かった。今日はラーメンを食べる気分だったのに、まあ仕方ないか。

あとで最近みつけた神保町の冷やしカニラーメンをどうしても一緒に食べに行きたかったんだ、と言ってやろう。

下北沢は観光地なので、ほとんどの店が閉まっている朝や夜遅くは結構閑散としている。都内の中心部の様に高々としたビルも全くないので、こんな夏の良く晴れた夜には空に星がリンリンと虫の声の様に遥か上空で細やかに鳴っている。

にゃんこ＆パールのチーズ塩レモンチキンバーガーは絶品で私のお気に入り。よく注文するのだ。

ちょっとむかし、にゃんこ＆パールは東北沢にあるカレー屋さんだった。マスター（当時私達はゴンさんと呼んでいた）はそこのアルバイト店員だった。当時のにゃんこ＆パールは店主がインドネシア人で時折私達もカレーを食べに通っていたのだが、なんせ流行らなかった。立地も悪いし、メニューには数種類のカレーとコーヒーとラッシーとコーラのみ。店内もオレンジの薄暗い照明だったし、おまけに床は分厚い黒色の絨毯《じゅうたん》でしかも黒豚がいた。意外と黒豚ってラッシーとか飲むのだった。私たちはわざと余らせてカレーを食べ終わったあとにその黒豚にラッシーをあげていた。

通い始めて暫く経った頃にそのインドネシア人の店主が故郷に帰ると言った。「今日のお金はいいから。サービスね」と言ってカレーとラッシーをご馳走してくれたのを覚えている。トウキョウハオカネガタカイネ、そう言っていた。故郷に帰ったらまた市場でスパイスを売る仕事に戻るのだという。マスター（当時のゴンさん）は店主からお店を譲る、と言われたそうだが、予《かね》てよりの希望で借金をして下北沢に店名だけを借りて、深夜まで営業するカフェーを開いたのだった。

「小田急線てなんでいつも混んでるのかな？　私座れたためしがないわ。代々木上原でたくさん降りていくのに」

末華子はメロンクリームソーダをストローで吸いながら言った。

私は言った。

「混んでいるなら飛んで来たらどう？　しばらく見ない間にちょっと痩せたよね。そのうち羽が生えてきそうよ、ねえ未華子」

「飛べるなら今すぐヨーロッパとか行きたいわ。知世《ちせ》は死ぬまで東京に住んでいそうだけれど」

「ヨーロッパね……。未華子には似合ってると思うよ。真剣に考えなさいよ。いつまで妹バーの店員なんかしてるつもりなのよ」

未華子は言った。

「来年あたりは辞めて、ほんとにヨーロッパに住んでるかもね」

私はポテトをつまみながら言った。

「もしそうなったらたまには電話してね」

「一緒に住む？」

「まさか。東京で生まれて育って。学校も仕事もずっと都内だもん」

「なんて立派な人かしら」

「そうかな。出身地が東京だから？」

「違うわよ、知世が私の分のポテトまで食べちゃうからなのよ。もう、空っぽ。そりゃあそんなに背が高いわけだ」

「ポテトを食べると身長が伸びるってどこかで習った？」

「私、離乳食がポテトだったたわ。そしたら一年間で結構伸びたわよ」

私達はお互いの目を合わせて笑った。毎日会う事ができる訳じゃないから、私たちは笑い合い、認め合い、約束を交わす。またね、って。


自宅の最寄り駅に降り立ったのは終電も間際の夜中だった。

途中、明治神宮前で未華子と別れてから日比谷までずっと寝ていたので危うく乗り過ごすところだった。

未華子は、今日は後半のシフトらしい。今頃接客をしているのだろう。妹バーででドリンクや食事を運びながら意気よく言ってるのね。

『いらっしゃいませお兄ちゃん！』

＊＊＊

「うわっ。エアコンつけっぱなし。もったいない」。鍵を開けて部屋に入るとそこは真夏の冷蔵庫の様だった。結婚している訳でもない、彼氏だっていないのに最近借りたばかりのこの2

ＬＤＫのマンションを私は気に入っている。

シャワーを浴びてパジャマに着替え、コンタクトレンズを外してメガネをかけるとそのままベッドにダイブ。

ぼうっと天井を見つめながら、仰向けのまま携帯電話にたまった通知を開いて確認する。返事をすべきものには返事をしてからそれを枕元に置いて、私は今日をアウトプット。

また、明日が来るから、明日には明日の私がいる。

ダークなビルや道路脇に慣れすぎた私は、もう太陽の日差しの匂いなんか知らないし分からない。

孤独なんだ、私。うん分かってる。

そんな孤独さえも、知らない誰かが紙くずの様に小さくクシャクシャに丸めて道路脇に投げ捨てているのかもしれない。そんな都市《まち》で私は生きていこうと決めているのだ。

また明日、おはようはこの天井の下で。

そういえばペンギンって上野動物園にいたんだっけ、明日起きたら調べてみよう――そう思いながら目を閉じた。

その夜、どうやってこの部屋のカーテンが月光を遮っているのだろう――そんな理屈を誰か数人と討論する夢をみた。
　変な夢だった。

＊＊＊

　中学生の頃に初めてできた彼氏がいた。その彼氏との間に子どもができたのを知ったのは中学を卒業する間際だった。「おろしてくれないか」と彼氏に言われた。当時の人生で一番悲しい出来事だった。

　その彼と渋谷のアミューズCQNに映画を観に行った帰りだった。ビルのエレベーターに乗り、丁度エレベーターが四階に止まったところでドアが開かなかった。故障？　と私は思って非常ボタンを押そうとしたが、彼氏が、待って、と言った。そのままエレベーターの中でやった、のだ。急な事だったので私はものすごくドキドキしていたが、べつに自然な流れだとも思いながら身を任せた。冷房も止まっていたと思う。中はどんどん蒸し暑くなってきて、お互いの吐く息がとても温かかった。汗ばんだ身体を触り合って何度もキスをした。さながら渋谷ベイビーとでもいったところか。

さようなら渋谷ベイビー。

それから高校に入学したものの、友達付き合いについていけなくなり、だんだん学校を休む様になった。中学ではトップクラスだった成績も、特に数学と物理にはまるでついていけなくなっていた。

学校に行かないで引きこもっている間はずっと、当時流行っていたファイナルファンタジーXをやっていた。武器も全部最大強化したし、APも稼いでひたすらダンジョンを進めていた。

ずっとそんな生活をしていたらお父さんが精神科を勧めてきたのだ。

いざ行ってみると大して大げさな事ではなかったが、神経衰弱と診断され、学校も暫く休学の必要あり、と診断書を書いてもらった。こうして晴れて私は誰にも有無を言わせず引きこもる大義名分を得たのだ。

休学の間にも定期的に通院をした。安定剤なんかも処方してもらっていた。

その頃から今の職業に興味を持つ様になっていた。私はインターネットで、問診のやり方——とか、大学の選び方——などと検索した日々を二ヵ月送った。

それとなく復学もして、休んでいた分を取り返す為に毎日塾にも通った。

格好のいい人生を送っている。私だけが特別だ、と信じていた。

周りのクラスメイトからは「なんだよあいつ」「中村って中学の時子どもおろしたらしいぜ」なんていう風に揶揄《やゆ》されたが気にしなかった。ただひたすらに受験の勉強に勤《いそ》しむ高校生活を送った。新たに友達なんかできるはずもなかったし、中学の頃から一緒だった知り合いも離れていった。

あれだけのめり込んでいたゲームにも飽きがきて、ただ勉強に食事に睡眠を繰り返して都内の大学に進学した。

クラスメイトが寝ているであろう時間も教科書を開いた。ほとんど毎日、空が薄明るくなるまでペンを握っていた。私なりにできるだけの事は努力した。でも勉強は元々好きだったし(勉強くらいしか熱中できるものがなかったといってもいい)、入試を控えた秋頃には余裕さえあった。

なんせ私は、こんな高校なんて早く卒業して大学生になれば楽しい事がたくさん待っている。とウキウキしていたからだ。でも、実際は広大な夜の砂漠で虎視眈々《こしたんたん》と獲物のバッタを狙ってジリジリと距離を縮めるトカゲの様に、息を潜ませながら夜通し勉強していたのかもしれない。シンディーが言う様に、大人になれば楽しい事が待っている（当時私はそう解釈していた)。それを信じて辛い事も、堅苦しい人間関係も我慢した。

大学生活は楽しかった。いろんな友達もできたし、アウトドアサークルにも入って年に二回程旅行に行った。アウトドアサークルでいっしょだった未華子とは卒業した後も特に仲良くしている。

＊＊＊

八時半までには出勤すると、すぐカルテのまとめ作業などのデスクワークをして、九時から診療が始まる。お昼に一時間程休憩をとって、一時半から午後の診療をする。午後は曜日によっては会議や研修がある。夕方六時に診療終了となり七時には帰宅する。日曜は一日中寝ている事もあるけれど、勉強会があったりする事もある為に、そういうときは無理矢理に体を起こして簡単に身支度を済ませて家を出る。

それでも開業のしやすさからこの道を私は選んだ。独立するなら普通は病院などで十年、二十年とキャリアを積む。そうじゃないと難しいケースに一人では対応できない事もあるからだ。けれども初期費用が他の科と比べて圧倒的に安いのと、研修医の頃から若いうちに独立したい、と夢をもっていた為に、多くの人から反対の声もあったが私は独立した。毎日勉強に勉強の日々だ。

けれども息抜きだって必要だ。だから私はなるべく外食をする様にしている。自炊だってたまにはするわよ。でもはっきり言って得意じゃない。沸騰したら結局そのお湯ってどこからがお湯でどこからが蒸気なのだろう。インスタントのカップ麺を作るのにすらそう首を傾げるのだから、煮込みハンバーグなんかが作れた時には、きっと空から成功を祝って塩レモンチキンバーガーが滝のように降って来るだろう。

そうしたら私なんかだったら大きめの紙袋を広げて、ベランダへ意気揚々と出て行くだろうなあ。

＊＊＊

その日の最後に山川君を迎えた。コツンコツンと骨が痺れる様な音だった。

「こんにちは。ちょっと痩せましたか？」

「階段を一段一段降りる度に一本ずつ髪の毛が抜け落ちていく気がします」

「まあ、あそこの大学の階段の長さは有名ですからねえ」

「ゼミにはいって半年が経ちますが特に変わりはありませんよ先生」

「ペンギンは隣に座っているの？　その教室で」

「いえ、僕のいつも座る椅子の後ろで正座をしています。たまにはお茶を点《た》てたりします。割と静かにやっていますよ。彼女なりに気を遣っているんでしょう。授業の邪魔にならない様に」

「そうですか。器用なペンギンですね」

「はい、とても」と苦笑いが一つ。

「それで、そうやって静かにしているから特に困っている訳でもないと」

「はい。まあ夜になるとどこかへ行ってしまいますからね」。塾かゲームセンターにでも通っているのでしょう、と彼は言い足した。

「では、来週待っていますね」

ありがとうございました、そう呟く様に息を吐いて私に背を向けた。


カルテの入力を終えてクリニックを後にした。

お茶を点てるメスのペンギン、か。想像してみたら割と畳が似合っていた。寒い所のゆるキャラになりそう。

少しばかり夜道を歩いていると、大規模な何かのイベントのスモークの様な霧が街を覆っていて、暗い空の下にはキンキンと明るくいくつものお店が輝いていた。小田急の地下を歩き、牛タンで有名な定食屋で夕食を済ませた。

白牛タン定食。何度か食べに来た事はあったが、一人だとそれが美味しいのか、またはそれほど美味しくないのかがよく分からない。今日は特にその牛タンがゴムの様に感じられて、飲み込むのに苦労した。

たったあんな薄いお肉数枚を飲み込むのに苦労するなんて。歳をとったから？

なんだよ、最近は特に苦労する事もない様に過ごしていたつもりだったが、案外、苦労なんてものは次の日に着るようにと寝る前に畳んで用意しておく服の様に、私を待ち伏せているものなんだなあ。自分で用意した苦労を、翌朝自分の体に纏《まと》うなんてまさに人間らしい。まったく。ふう……そんな事を自宅へ向かう電車の中で思っていた。

その週の水曜日の午後に野村君はやって来た。彼ほどきっちりと約束事を大切にする人を私は他に知らない。

「せんせ、時間は進むんす。まあっすぐ果てしなく高速で。雷みたいにね一秒で二百キロメートルほどの速さで的に向かって永遠に駆け抜けていくんだぜ。それに比べちゃあ弓道なんて子どもの遊びだぜ。……そうするとつまりまじで俺の存在なんて秒針に一瞬でもかすりもしないわけ。せんせーは弓矢使ったことあるっすか？」

「いいえ。一度も」

「じゃあ雷に打たれた事は？」

「一度もないわね」

大昔の人が弓矢で狩りをしていた頃から宇宙工学の最新の技術までを私は知らない。ちょっと困ったなあ。

「あなたがこの世の中に存在しているって事実を私は知っているわよ」。まさにいまだと。

「へえ。いまねえ。それにしても今日もあちいな」

「いま、と思い立った時には、いまはもう過去なのよ。ずっと私との約束をちゃんと守ってくれてありがとう。ほんとうに嬉しいのよ。それでね、明後日の金曜日でどうでしょう。ベッドがひとつ、確保できるの」

うーん、とゆっくりゆっくり首を七回捻ってため息をつくのだった。

「わあかったっすよ。歯ブラシとパジャマですね」

そして、

「やっぱりしかたねえっすねえ」

と小さく腹を括った。

「でも」と野村君は言った。「酒と金で時間は買える」と。

「どれくらいかな」

「そうっすね。俺の信じる神様に頼めば、酒なら一合で十二時間。物々交換でさ、ちゅうことは二口も与えりゃ一日はもつさ。金なら百七円で一時間ってとこっすかね。もしドルの価値が上がったらそこにもう五十銭ほど円を足すさ」

「その神様は日本人で貿易商かなにか？」

「まあだいたいはそんな感じよお。でさ、せんせ、その神様ね、最近は俺の事には目もくれずに新聞の経済欄ばっかり見てるっちゅうわけ。だからさ、俺、昨日の夜に聞いてやったわけ。韓国とワシントンと永田町と俺、いったいあんたはどれに夢中なんだよって。そしたらなんて答えたと思うっすか？」

　私はじっと真剣に五秒間目をつむった。

「うーん、副業はダメだと思うな。だって神様でしょ」

「つまり俺」

「そうだねえ。で、正解は？」

「俺」

「そっか。よかったわ」

「そーなんすよ。まじで俺嬉しくて、ああ信じてきてよかったよお前をってそいつの両手握ってさ。それから夜通しテレビでウィンブルドンよ。まじツイてるね、俺」

「頼れる神様でよかったわ。感謝しないとね、ありがとうって」

野村君はノン、ノン、ノンとゆっくりと首を振った。

「せんせ、そーゆう時はこうさ。へい！　ラッキー」

それから二日後に野村君は死んだ。飲酒運転の車にはねられたのだ。

不運だった。

＊＊＊

下北沢に着くと夜八時を回っていた。

住宅街の様に並ぶ服屋のオレンジの明かりが歩道を示していた。暫く歩いてコンビニの角を曲がって右手の細い路地に入り、その突きあたりにある観葉植物のアーケードをくぐって、真新しい木の扉を引く。

「あらあご無沙汰じゃない。いらっしゃい。今日お客さん少ないのよ、寂しかったわ。いつもありがとうね」

マスターがカウンターから声をかけてきた。

「未華子、後で来るの」

「そう。ごゆっくり」

「あ、マスター。私ストロベリークリームソーダ」

私はカウンターの通り越しに歩きながら言った。

「はぁい」

と聞き慣れた返事が返ってくる。

狭い店内にはカウンター席が五席とテーブル席が三席。テラスにも一席あって冬場以外は開放している。冬場になるとテラス席は物置き場になるのだ。

私はテラスに出て、足元の竹で編まれた籠《かご》に鞄を置いて椅子に座った。間もなく運ばれてきたストロベリークリームソーダをストローで飲みながら携帯電話でスケジュールの確認をした。満たされたお腹と程よい疲れでウトウトしていたら、むかしの事をぼんやり思い出した。


研修医の頃、同じ医局の仲間とたわいない話でいつも賑やかだった。覚える事、学ぶ事がたくさんあって、朝と昼と夜の区別も感じられないくらいに忙しかった。でも医局ではみんな笑顔だった。それぞれにプレッシャーもあっただろうに、みんなは疲れていないふりをしている。

私はそう思っていた。だから仲間の輪には入っているものの、私から話し出す事はほとんどなかった。

当時の私は劣等感の缶詰状態だったのかもしれない。

大きな総合病院に毎朝七時半には出勤して回診前に患者さんのカルテをチェックした。八時から病棟回診をして十時には病棟勤務に入る。病棟では指導医に相談しながら看護師に患者さんの副作用の観察を依頼する事もある。メディカルスタッフとの連携が重要だと学んだ。

内科や小児科など他の科も学ばなければいけない為、ゆっくり休む暇もない。神経精神科での研修医の仕事といえば、とにかく本診をする先輩医師と患者さんとの対話を一字一句カルテに打ち込む。そこで面接の仕方や治療方法を勉強した。

午後は曜日によってやることは様々だったが、月曜は翌日の教授回診に向けてプレゼンの資料を作る事が多かった。その一週間に施行した検査や治療、患者さんの変化についてくまなくチェックしていた。火曜日は教授回診で、ぼうっとしているとただ教授の後を付いて回るだけのお役所仕事みたいになってしまう。水、木、金曜はチームカンファレンスをする事が多かった。

通常勤務に加えて当直勤務が最低でも週に一回はあったので、そんな時は住み込みも同然となる。日中を含め、連続勤務は日をまたいで長時間になるので、当然頭のよさだけではやっていけなかったのだった。

仕事柄、亡くなる人もたくさん看たし、反対に命が助かったその日から数日後には嬉しそうに退院していく人もたくさん診た。そんな現場で私は緊張していたのだが、先輩の先生に、医者はどんな患者と接する時も笑顔でいないといけない、と言われて暫くの間は無理をしていた。でも後になって自分なりに考えたのだ。にこにこと常に笑顔で愛想がいいデキない医者よりも、無口で不愛想だけれどデキる医者の方が結果的にはいいんだ、と。

ある時飲み会の席で先輩に聞かれた。

「中村さんはどんな医者になりたいんだい？」

私は思った。どんな医者——高校の頃引きこもっていた自分に優しく接してくれたあの医者みたいになりたい？　まさか、そんな事はなんとなく言えない。

私はこう返事をした。

「東京にはストレスを抱えた人がたくさんいるから、それで困っている人が来院してきたら助けてあげたいです」

鬼ごっこに明けくれる小学生でも言えた事だっただろう。

その頃私は、カウンセリングの勉強もしていたせいかこんな事を思っていた。

私はどうする。
私は何になる。
あなたは何になる。
どう生きる。
何がしたい。
何もしたくない。
私は私を知っているか。
あなたは私を知っているか。
知らない。
知ろうとしない。
知りたい。
どこにいきたい。
ハワイ。
川と湖と森林の多い北欧の半島。
北海道。
別府温泉を巡って温泉名人になる。

――ただ、疲れたときにはノートパソコンを閉じる様にそっと眠りたい。

なぜいまそんな事を思い出したのだろう。疲れているとたまにむかしの事を思い出すんだ。なんだ、疲れているのか、未華子には悪いけれどメールを送ってもう帰ろう。

私は携帯電話を足元に置いていた鞄にしまって立ち上がり、テラスのガラス扉を開けた。すると同時に店の入り口の扉が開いて、彼女はコツコツとヒールの踵を鳴らせて歩いて来た。

「あら、いらっしゃい」

マスターが言った。

「私、スープセット！　ライスでメロンクリームソーダね」

未華子は右手を少し挙げてカウンターに向かって言った。

「はぁい」

とマスターが言った。

私は鞄を両手で持ち、目の前にいる未華子に向かって言った。

「いまさっき先に帰るってメールしたとこなんだよ」

「ええ？　なんで」

「なんか疲れたから」

　未華子は胸の前で両手を振りながら言った。

「ダメダメ。ダメよ。ちょっと聞いてよ。聞いて欲しい事があるんだから。二週間ぶりに会ったっていうのにそれはないわよ。あいかわらずそっけない人ねえ」

　私は勢いにおされてテラスへと戻った。

　再び椅子に座り直して、未華子は私の正面に座った。フーン、と長いため息をついて足を伸ばすのだ。

「ストーカーよストーカー。怖かったわ」

「ストーカー？　誰かついてきたの？」

「うん。職場からずっとよ。私が振り向くと両手で顔隠すの。子どもでも気付くわあんなの」

　私は言った。

「まぁ、未華子可愛いから」

「ちょっと、やめてよもう。知世だって前にスカウトされかけたじゃないの」

「あははは。ああ、表参道でね」

　未華子は言った。

「そうよ。私と二人で歩いてて知世だけ声かけられたのよ。私のプライドはズタボロだったわ」

私は言った。

「いやいや。でも結局年齢聞かれてさ、それで歳言ったらやっぱりすみませんでしたって。あの時まだ二十歳《はたち》の学生だったんだけどな……。まあ、とにかく警察に相談したら？　本当に危ないよ」

「嫌よ、そんな大ごとになんかしたくないもの。たかがストーカーくらいで。恥ずかしいわ」

「じゃあどうするの？」

「うーん。今度遭ったら逆に追いかけてみようかしら」

「ええ、危ないよ」

未華子は言った。

「大丈夫。ねえ、だから協力してほしいのよ。今度遭ったら電話するからそこに来てほしいのよ」

私は言った。

「うん。分かったよ。仕事中じゃなかったらね」

未華子は言った。

「えー。仕事中でも駆けつけて来てよ」

「それは無理だよ」

「けち」

「けちじゃない」

「もう。けちねえ」

「まったく、もう、はこっちの台詞《せりふ》よ。私はけちじゃないしそれこそ本当にその場で警察に連絡しなさいよね」

「イヤよ」

そう言って未華子は運ばれてきたスープカレーを食べ始めた。私はストロベリークリームソーダをまた注文して待っていた。

店のすぐ外に続く路地をぼんやり見ていた。遠くの道では数人の若者たちが集まってがやがやと騒いでいる。シャッターが閉まった商店街の飾りはまるでイケてる外国のイケてる細いおもむきのある道沿いの様に、混沌とした雑踏を思い起こさせていた。行きかう人は少ないけれど、賑やかに感じられるのは下北沢独特の雰囲気だろう。

「もうどうであろうといいんだけど」

なんて私は呟いた。少し投げやりな気持ちで言ったのだ。

それを聞いていた未華子は、スープカレーをスプーンで口に運びながら言った。

「お母さんの事？」

「なんで分かるの？」

「あら、あなたがそんな表情で一言呟くなんてらしくないからよ」

「しまったなあ弱みをにぎられたか……」

「ふふん。弱り目に祟り目とはその事ね」

「どの事よ、まったくもう」

「まあ、私ももう何年も実家には帰っていないけど、って、まあ近いから寄ろうと思えばいつでも寄れるんだけどね。社会人になったらみんなそうじゃないかしら？

知世はさ、いつでもお母さんに会えないのは寂しい？」

「どうかな、わかんない」

「そっか。なんか親の存在ってこの年齢になると放っておけないものよね」

「気遣いの連続だよ」

「そうねえ」

そう未華子は相づちを打って続けた。

「もし、私がストーカー相手の事を好きになって、結婚して子どもができてヨーロッパに移住したら知世はどうする？」

私は椅子の背もたれに寄りかかって言った。

「そう。妊娠する前に渡っとかないとダメだよ。飛行機乗れなくなるかもしれないから」

「えー、そこおー」

「冗談だよ」

未華子はお手拭きを口に当てて笑っていた。未華子の笑い方は、か弱そうな見た目とは違って、どこかしっかりとした意志がある女性だという事を会う度感じさせられる。話の最後に王子に見出され妃として迎え入れられるエラ姫の様に、全てが順風満帆ではないけれどもちゃんと困難を乗り越える女性だ、という事を知れば知るほど、私は彼女となるべく一緒に食事をしたいと思うのだ。

だってその方が、一人で食事するよりもご飯が美味しいのだから。

＊＊＊

人はよく知りもしない相手とたわいない雑談などできない。ましてや一緒に店なんかで食事を共にしながら寛《くつろ》ぐなんて。

それが昼だとして、真夏の様にギンギンと太陽が照らす災害レベルの猛暑日だとしたら、一言目にお互い視線をそらして「ここのところとても暑いですね」なんか言い合って、グラスに氷がたくさん入った冷たい水をちびちびと飲むのだろう。そして二言目には肘をつき「今日の商談うまくいったら今月のノルマ達成ですよ」と言って、三言目には「そういえば子どもいくつになったんだ」なんて話しながらネクタイを片手で緩める。

だけれども未華子は私のだいたいを知っているし、私も未華子のだいたいを知っている（最も、最近の事は幾分それ以上に知っている）。血のつながりもない他人同士が大人になってもお互いを信頼し、一緒にいたいと思うのは、幼馴染でも難しいだろう――ほら、そうやって自分自身を分析する前にはタイムを要求する。

いままでずっと、他人が自分の事をどう思っているかを考えて行動しようと生きてきた。その考え方はいまも変わってないし、仕事柄、社会への適応とは、みたいな事を追及すればするほど私だけが孤独になっていった。そう、都会の隅でせかせかと子作りをする野良猫の様に、私は私でビルとビルの隙間にすっぽりと挟まって、朝目覚めたらいきなりいつもの診察室にいる。そんな感じなのだ。

スープカレーがお皿から無くなったのを見て、私は言った。

「グラスワイン頼むんでしょ？　私白がいい」

未華子は前髪を指で横に流して言った。

「ええ！　じゃあ私も白にしよ」

「なんで。いつも通り赤でいいじゃん」

と私は薄々と笑いながら言った。

「マスターグラスで白二つね」

未華子がそう言うと、カウンターの後ろの棚に食器を戻していたマスターが顔だけ振り向いて言った。

「はぁい。あ、ジャーマンポテトいま炒めてるのサービスするわよ〜。ゴーダもいるかしらぁ？」

「『どっちもいる！』」

私たちは声を合わせてそう言ってテラスから見える月を眺めていた。カウンターから私の首元をぬける黒コショウとベーコンの焦げた匂いが、人気のない路地に漂って消えていった。

＊＊＊

私はいつもの様に挨拶をした。

「こんにちは。調子はどうですか？」

谷屋さんは言った。

「先生、寝つきは相変わらず良くてぐっすり眠れるんですが朝の目覚めがスッキリしないんです。こう……たくさん寝ても疲れがとれないというか」

私は彼の方を向いて言った。

「そうですか。日中、運動はなにかしていますか？　お仕事で歩いたり動いたりする事以外にですよ」

彼は言う。

「いいえ。全く」

落ち込んだ表情で言うのだ。

「先生、ここのところ同じ夢ばかり見るんです」

「そうですか。どんな夢ですか？　困っていますか？」

「ものすごく大きなロボットの夢です。正直困っています」

私は谷屋さんから夢の内容を聞いた。その後、頭痛薬がもう残り少ないというので処方し、彼は診察室を後にしていった。

昼食を看護師と受付事務との三人で休憩室でとり、午後の診療をした。

そしていつもの時間通りに診察室の掃除を終えて職場を後にした。

帰宅ラッシュの地下鉄の車内はとても混雑していて熱気で蒸し暑かった。出来立てのポトフのじゃが芋の気持ちが分かる。一晩中放っておいたら汗が沁み込んで冷たくなっていくのだ。

地下鉄とはそういう乗り物だ。

＊＊＊

谷屋さんの夢はこういう内容だった。

僕は高校一年生。大きなロボットに乗った別のロボットに捕まえられて、高い塔の上に知らないおじさんと二人、閉じ込められた。ある日、ロボットが見ていない隙に長い滑り台を作って、平地に滑り落ちた。ロボットは僕に気付き、追いかけてきたが、間一髪のところで逃れられた。取り残されたおじさんも逃げようと滑り台を降りるところだったが、ロボットに威圧されて逃げる事はできなかった。

そして僕は学校の寮に帰って行った。

取り残されたおじさんを救う為に、友達と話し合ったがなかなか解決策は見つからずに、僕はいつも通り学校に通い、授業を受けて寮に帰る日々を送った。

ある日、ロボットが寮の僕の部屋の窓に大きな顔を寄せて言った。「お前はそれでいいのか」僕は言った「君こそそれでいいのか」、と。するとロボットの顔の部分が開いて、ピンク色の髪の毛をした少女が現れた。少女は言った。「あー。やっぱりこっちの方が楽でいいわね」と。僕は言った。「なんでそんな事をしているのか。おじさんを帰してやってほしい」。ピンク色の髪の毛の少女は言った。「ダメよ。そんな事したら上の人に怒られるわ」。僕は言った。「上の人って上司とか？　そんなに怖いの？」。少女は言った。「とっても」。

僕がふとコックピットを見ると、たくさんの本が積まれていた。僕は言った。「小説が好きなのかい？」。少女は言った。「私、小説を書いているの。小説を書く事だけが生きがいよ。こんな仕事、嫌々やっているんだもの」。すると同じ寮の部屋の友人が言った。「じゃあこれ！」。そう言って一枚のチラシを少女に見せた。チラシは今度開かれる文学フェスの案内用紙だった。少女は言った。「なによそれ。そんなの興味ないわ！　それを早くしまわないとまたお前を捕まえて塔に閉じ込めるぞ」。僕は言った。「ごめん、ごめん。いいんだ、君が嫌なら別に」。カーキ色のその用紙を少女はカーキ色と言った。「二度と見せないでそんなカーキ色」。僕はなんとなく察した。少女は人間界に戻ってこの文学フェスに参加したいのだろう、と。

聞けば、少女は自分で書いた小説をもう三作品も出版しているのだそうだ。

「とにかく私は仕事に戻るから。せいぜいあのおじさんを助ける手段でも考えておくといいわ」。と少女は言って、コックピットのあるロボットの顔はプシューといって閉まり、グウーンとロボットは飛んでいった。

友人は言った。「絶対あいつこれ興味あるんだぜ。なんとかしてあんな仕事辞めさせて誘ってみようぜ」と。「とりあえず風呂いこう」と僕は言って友人と寮の風呂場に向かった。

僕たちに今できることは風呂に入るくらいの事だけだ。


そう言っていたらしい。

＊＊＊

「中村ちゃん、私って一人じゃあ何にもできないお子ちゃまなんだよね」

それを聞いて私は、うん、と頷いた。それくらいしかできる事がなかったのだ。ほんとうに。

「カタブツな教授のゼミに入ったの。毎日林檎よ」

「林檎？」ハッとしたら目が冴えた。

「元経済産業省の官僚だったらしいのよ。でね、円安ドル高、円高ドル安。林檎が一つと二つ。

……まあべつにね……」

私は膝に両手を置いて本田ちゃんの方へにこりと見向きした。

「いいのよ。どんな話？」

「林檎をお互い一つとで交換しようとしたら相手が二つじゃなきゃダメだって言うのよ。そういうルールだから、その時は林檎を二つあげる。そしたら相手が林檎を一つくれる」

「それは円安ドル高ねえ。なるほど」

「そうなのよ。毎週、毎週それ。林檎に林檎に林檎」

「あはは。一つになったり二つになったり」

「もう、そうやってすぐ笑うんだから」

「ごめんごめん」

本田ちゃんは唇をきゅっと整えて小さく笑った。

「ねえ、中村ちゃん。最近楽しい事あった？」

「私？」

「うん」

「そうねえ。古い本を買ってアルタミラ洞窟の壁画を何回か見返した時があったわよ」

「なにそれ」

「なんか弓矢を使った狩りの様子が描かれているんだけど。ほかにもいろんな壁画があったりするのよ」

「へえ。それ楽しい？」

「うーん……まあね」

「あ、それ私の真似でしょ」

「まあね」

「もう」

「ま、あ、ね！」

「もう。ぶん殴るぞお～」

久しぶりに賑やかな空間がそこにあった。しばらく笑い合った後で本田ちゃんが言った。

「ねえ、そのカタブツもたまにはパイナップルの話もしたりするのよ」

「へえ。どんな？」

「黒板にグラフを書くの。二本の線が交わったところがパイナップルの価格だ、ってね」

私は少しばかり息を吐いた。

「あげる人と求める人の気持ちって事かな？」

まあね、と本田ちゃんはスカートの裾を手で払った。それから彼女は大きなあくびを残して診察室を出て行った。


改装中の通路を歩き、改札を出てまた暫く歩いた。夜の暗闇が足元まで沈み、相変わらず人気の少ない路地を進むのも、ここに来るのはいつも夜だからだ。

　重たい木の扉を押してにゃんこ&パールに入るといつも通りマスターが声をかけてきた。

「あらあ、いらっしゃい」

「末華子いる?」

「奥のテーブルよ。うふふ」

「あ、私ハワイアンベリーね」

　いつもながらマスターのしっかりとしつつもどこか気の抜けた返事が返ってくる。

「はぁい」

　シンディーはきっと来日してもこんな店には来ないだろう。彼女は仕事が終わって疲れてヘトヘトでも、ダンスミュージックが大音量でかかる賑やかなホールで夜明けまで楽しむのだ。

「だって女の子だもの!」ってね。

　私は店内の奥に座っている末華子の肩に触れて言った。

「後ろ姿が元気のない子猫の様だよ」

　末華子は笑って言った。本当に元気がない様に見えたのだ。

「そうなのよ。聞いてよねえ。私、チーフにならないかって昨日店長に言われたのよ。悩んでいるって事は私、なってもいいかもって思っているって事なのかな？」

「なりたくないの？」

「うーん。そこまでの責任感を持っていまの仕事は続けられないわ。でも役職についたらなんかね。見栄張れるかしらとか思ったり」

未華子はいったい誰に見栄を張りたいのだろうか。

私の知らない間に婚約相手でもできたのだろうか。

それとも年下の彼氏？

長女だっていうプライドからか？

「あ、マスター。塩チキンも」

私はカウンターに向かって言った。

マスターがにっこり笑って返してくる。

「はぁい」

「なにか見栄を張りたい理由でもあるの？」

「彼氏とかってこと？　まさかあ」

「まさかあ、ってなによその言い方」

続けて私は言った。

「英語もフランス語も話せるんだし、本当にヨーロッパに行ってみたらどう？」

　未華子はげんなりとして言った。

「知世。私、ヨーロッパに行きたいって言ったかしら。ああ、言ったわよねこの前。なんか知世、羽が生えたらとか話してたわよね。ヨーロッパねえ。真剣に考えてみたらそれもいいかなって思うわよ。別にずっと東京にいなきゃいけない理由もないし。そしたら向こうでジャパニーズアイドルバーでも開こうかしら。やっていけると思う？」

　私は言った。

「うん……どうだろう。でも未華子、可愛いから。あ、本当にそう思ってるんだよ。後は、そうね、ヨーロッパでもアジアの女性の可愛さが通用するかによるわね」

「いつだって世界の美女はイタリアのセレブかハリウッド女優かカナダのモデルなのよお～」

と未華子は言って、私達はくすくすと笑い合った。

「はい。ハワイアンベリーね。塩チキンちょっと待っててねぇ。二人とも顔を合わせてそんなに笑い合って、楽しそうでいいわねぇ。何かいい事でもあったの？」

　そうマスターが言った。

　未華子は笑いながら話しかけた。

「ねえ、聞いてよマスター。私って可愛い？　海外でも通用するかしら」

マスターはトレイを左手に抱えて言った。

「そうねぇ。あたしが女だったら合コンには連れて行きたいくらい可愛いわよ。だってみかちゃんがいれば男性陣も納得するでしょ？

うーん。

でも分かんないわねぇ。だってほら、あたしってこんなだし、好きなタイプは千葉雄大だし。うふふ。あぁ、千葉雄大ちゃん。千葉雄大ちゃんって下北とか来るのかしらねぇ。同じ東京に住んでるんだし会えないかしらねぇ、あぁ夢が膨らむわぁ」

私はまた笑いながら言った。

「あはは。マスター（笑）」

未華子は言った。

「おネエの性癖なんて聞いてないのよ！　私もう本当にヨーロッパ行く」

「ちょっとねえ」

私はまた笑った。マスターも右手を口にあてて笑っていた。私達の笑い声は外にまで響いているだろうと思った。

＊＊＊

未華子は大学を卒業後、都内の私立高校で音楽の教諭として働いていた。「生徒に向き合うのは楽しい」と彼女は言っていた。ただ、「嫌な先輩がいる」と、暫くしてそんな事を話していた。

当時、私は未華子と一緒に本当に悩んでいたし、私は彼女をとても心配していた。

「北沢さん、北沢さん」と先輩から呼ばれて未華子が振り返ると、顔の真横にライターの火があった事もあったという。

その年の春から、産休に入った教員に代わって、臨時採用の枠で入った事が関係していたのだろうか。それは関係ない、と未華子は言っていたが、実際には風が右に左に吹くように、彼女はまるで宙に浮く風船が勢いよく遥か上空へと尽き放たれていく様そのものだった。簡単にいえば当時の未華子は元気がなかった。

授業をどう組んだらいいのか悩む日々に同僚からの嫌がらせ、〝サービス業〟としての教員のやりがいにもまた悩んでいたようだ。

とどめをさしたのは二年目。未華子が男子生徒と二人で写っている写真に、「二人は付き合っている」というコメントがつきSNS上に拡散されたみたいだ。一緒に写っている男子生徒も「俺の彼女です」と、コメントをして問題になったみたいで、結局それから程なくして未華子は辞職した。

私は当時、そんな話を聞いていて、なにも問題ないっていうなにかしらの証明を警察に届け出ればいいんじゃないか、と言ったが、未華子は力なく「もういい」と言った。そして仕事を辞めて一年半ほど自宅に引きこもっていた。

むかしは、そう、未華子は弱気で、素直で大人しい性格だった。大学で出会った時からそうだった。

その一年半は、私ですら未華子とは連絡がとれなかった。メールもたまに送ったが返信はなく、たまに電話もかけてみたが一度も出る事はなかった。

私は研修医として（これは頑ななこだわりかもしくは仕事への情熱か）仕事は休まなかったし、その代わり、睡眠時間を削って未華子と関わろうとしていた。

もちろんだ、どんな理由があっても仕事を休んでいいわけがない。

そんな十月のある日の深夜に、一年半ぶりに未華子から電話がかかってきた。

未華子は大泣きしながら話していた。

「知世。なんか美味しいものが食べたいよ。お腹すいたよ。私死ぬのかな。お腹すいたよ」

「すぐ行く！　なんか買ってもってく！」

私はそう言って走ってアパートの階段を降りて町に出た。歌舞伎町の飲み屋街を駆け足で回った。

コンビニに入ってすぐ、レジに立つ店員に、「そこのおでん全部入れてください。全部買います。急いで下さい」と言った。

躊躇《ためら》いもなくおでんを買おうと思ったのだ。

そして奥に進みジュースと水を何本か両手に抱えてレジに戻り会計を急かした。その後両手に袋を抱えながら、何か、何か――と考えながら歩き、焼き鳥立ち飲み居酒屋の黄色く光る提灯が目に入った。焼き鳥――そう焼き鳥。未華子の大好物よね、そう、一番好きなもの。私は駆け寄って、カウンター越しに網の上に並ぶたくさんの焼き鳥を覗いた。「いま焼けてるの全部下さい」。

そしてタクシーを捕まえて浜松町へ向かった。「急いで下さい」「できるだけ早くお願いします」「内幸町を周って下さい」「とにかく急いで下さい」。そう何度も運転手に言った。

鍵はかかってなかった。ココココン、と五回ノックして部屋に入った。未華子はソファにうずくまって泣いていた。延々と泣いていた。

「未華子ごめん。美味しいものって、何か特別なものって考えはしたけど、おでんと焼き鳥」

私は立ち膝でソファに手をつき言った。

未華子は顔も上げずに泣いていた。

「知世ぇぇぇ。お腹すいたよ。ううう。気持ち悪いよ」

私は細い腕を掴み、そして痩せこけた顔が私の視界に映った。

「ごめん。ごめん。ごめん」

そう未華子は言った。何度も言った。

まるでゴミ屋敷のように散らばった部屋のあちらこちらには缶詰の空き缶やタバコの吸い殻や手鍋が転がっていた。その部屋の隅っこのベランダの窓際のソファの横で、私は膝をつき何度も深呼吸していた。未華子は「ごめん。ごめん。ごめん」と言いながらうずくまる体から右手を伸ばして、私の腕を、まるで紙くずでも拾うかの様に二本の指で摘まんでいた。

そして朝になり、結局焼き鳥を一本だけ食べて未華子は言った。

「知世、ありがとう」

「これからカンファレンスだから。もう行くね」

「知世、全然寝てないじゃん。ごめん。ありがとう」

未華子はまたそう言った。

私は立ち上がって言った。

「ごめんもありがとうもいい。どっちも言われると焼き鳥とおでん買ってきたこと後悔しそうだから。それで後悔したら仕事に向き合えない」

未華子は笑って言った。私は一年半ぶりにその笑顔を見た。

「ありがとうは言う」

私は言った。

「ふふ。とにかく食べる。飲む。寝る。食べて飲んで寝る」

「じゃあまた」。と言って靴を履き玄関を出た。階段を降りて、路地を進みながら欠伸《あくび》をした。車のエンジン音がビル街に響いていた。

大通りに出たところで立ち止まって靴紐を結ぼうとしゃがむと、後ろから来た男性が「おっと」、と言って軽くぶつかった。

「あ、すみません」

そう私は声を潜めた。

サラリーマンだろう。黒いスーツを着たその男性は「なんだよ」と言って体を反らして手を上げながら足早に去って行った。それで私は目が冴えて歩道の隅で蹴伸《けの》びをしてから駅へ向かった。しばらく歩いて大門から都営大江戸線に乗って新宿へ向かった。

その日のお昼休みに未華子からメールが届いた。「今日何時まで？　さっきデイツーで七輪買ってきたの。焼き鳥一緒に食べようよ〜(^^)〜おでんはさっきいただきました。」。私は、「七時には着けるよ。夜ごはん焼き鳥ってテンションあがる！　これで仕事がんばれそうだよ。」と返信をした。

仕事を終えて、それなりに疲れてはいたが、迷う事なく足早に未華子のもとへ向かった。私たちは焼き鳥を一緒に食べた。ベランダに七輪を置いて、焼きおにぎりも用意してくれていた。

「あ、これネギ入ってる」

私は焼きおにぎりを一口食べて言った。

未華子は言った。

「あ、あれ？　ネギ嫌いだったかしら」

「うん。でもこれは食べられる。めっちゃ美味しいんだけど」

「白ネギを細かく切って、黒ゴマと鶏ガラの素混ぜたのよ。薄口醤油に豆板醤と、ちょっとだけはちみつを混ぜたのを両面に塗って焼いたのよ」

私は言った。

「あら相変わらずお上手な事」

未華子は言った。

「焼き鳥まだあるよ。出してこようか？」

「うん。まだ全然イケる」

「私も！」。そう言って未華子はベランダの扉を開けて部屋に入り、冷蔵庫からタッパーに入れた焼き鳥を出して持ってきた。あれだけ散らかっていた部屋もすっかり綺麗に掃除されていて、そう、本当に綺麗に、昨日引っ越してきたと言われても信じるくらいに整理されていた。

私は大きなタッパーを見てから言った。

「めっちゃあるね、焼き鳥」

未華子は言った。

「めっちゃ買ってきたもんね、知世」

続けて未華子は言った。焼き鳥をもぐもぐさせながら。

「私働く。てか働かないとお金ないし。なんの仕事しようかしら」

「未華子は可愛いんだからもっとその容姿を生かしなよ」

「私って可愛いかしら？　あははは（笑）」

焼きおにぎりを目一杯口に入れて、飲み込んだ。黒ゴマと炭の香りが鼻を通った。

「ホテルのフロントとか、なんだろう……百貨店のどこかの店舗は？」

未華子は言った。

「うん。いいかもね」

私はさりげなく言った。

「教員免許持っているのは……まああれか」

未華子は言った。

「いいのよ全然。好きな仕事だもの」

「そう」

「うん」


それから未華子が妹バーに就職するまでは、さほど時間を要しなかった。ニコニコと幼い女の子の様な自然と簡単な笑顔がまた戻ってきた。

そんな、秋から冬に変わろうとしていた季節の入り口だった。夢で、その入り口の扉は鉄でできた分厚くて重厚な扉だったが、鍵は意外と簡単に開いた。

鍵が簡単に開いたのは良かったけれど、二人で力一杯押してもうんともすんともいわなかったのだが、その重厚な扉が引き戸だったことに気付いた時は拍子抜けして、特に未華子は「なんだそんな事か」と言って笑っていた。その笑顔は今日までずっと途絶えることなく、私達は時間を共にしてきた。

＊＊＊

その日はあまりいい気分ではなかった。自分の気持ちに正直になれず、心を閉ざし、たくさんの事に消極的になっていた。朝からずっとそんな調子だったから、私は来る人来る人に最後に「ではさようなら」と言った。

肯き続けるのにも疲れた頃に本田ちゃんがやって来た。

「こんにちは。最近はどんな具合かな」

「なんかね、いつも眠いの」

「夢を見る？」

「うーん。見ない、全然」

「そっか。大学生活はあいかわらずかな」

「そうねえ。三日前から林檎は檸檬になってパイナップルが蜂蜜になったわ」

「それをノートに書いた？」

「書かない。あ、でもいつも隣に座る男子はびっしりと書いているわよ。それでね、同じくいつも隣に座る男子がいたの。でもちょっと前に交通事故で亡くなったみたい」

「そっかあ。他に変わったことは？」

「昨日の夜にね、私、東中野の交差点を笑いながら泣いて歩いてたの。楽しいことも悲しい事もなかったのに。ねえ、中村ちゃん、なんでかなあ。想い出が行き詰まってたのかな」

「出口を見失った？」

「そうねえ。その交通事故で亡くなった男子がよく言ってたの。泣いたり、笑ったりしている時は想い出の行き詰まりだって」

少し黙ってから、少しの事だけを考えてみた。けれども何も言えそうになかった。

「じゃあまた来てね」

「うん、そうする」とドアノブに手をかけようとするのを見て咄嗟に言葉を告ぐんだ。

「あ、本田ちゃん、絶対また来てね」

「うん。ありがとう先生。少なくとも一年に一回は来るわよ」

私は自分を認めるようにして言った。

「また来週ね」


次の週、本田ちゃんは私の前に座って照れ笑いを見せてくれた。そして、それから何度も笑って帰って行った。

私はその日、とても気分が良かった。

＊＊＊

真夏の真ん中の日曜日。私は未華子と代々木に来ていた。イベントがあって屋台もたくさん出るから、と誘われて付いて来たのだ。

私は言った。

「フェス？」

未華子は言う。

「かしら。ねえ」

「かしらって。まあいいけど。なにか食べようよ。お腹すいたよ。もう、明日も明後日も勉強会だよ。今日は明日から頑張る為に美味しいものたくさん食べなきゃ」

「知世、疲労で倒れなきゃいいけど。とりあえずたこ焼きね」

広場に並ぶ屋台でたこ焼きと広島お好み焼きとかき氷を買って、私たちは石段に座って食べた。ラジオのＤＪみたいなトークが大音量で広場の中心から響いていた。

雲一つない綺麗な青空だった。けれどこの獰猛な太陽の日差しの下で酷暑に耐えるには、やっぱり雲の二つや三つは必要だと思いながら座っていた。

携帯電話を掲げて未華子は言った。

「この光景インスタ映えするかな?」

私はかき氷を食べながら言った。

「人混みはインスタ映えしないんじゃない」

写真を撮ろうと思っても縦横無尽に人が行き来して、景色なんてもののほとんどは人で埋め尽くされているからだ。そんなだったら世の中のサラリーマンは毎朝インスタ映えする写真を駅や電車の車内で撮れるだろう、なんて事を思っていた。私なりのつまらない冗談だ、と勝手に納得しながら最後の氷をイチゴシロップと一緒に飲み干した。

「原宿まで歩いて服でも見る?」

未華子は言った。

私は返事をした。

「賛成。マツキヨにも寄りたい」

不調和な予定変更もよくある事だけれども、この暑さだから仕方ないと思う。私たちは駅に向かって緩やかな上り坂を歩いた。

歩道橋を渡り、代々木公園の東口にさしかかったところでギターを弾き歌う女の子を見つけた。路上ライブだろう。この辺りではよくある事だ。けれども何か引き寄せられるものがあって私たちは足を止めた。

未華子が先に言ったのだ。

「ちょっと聴いていかない？」

「うん。私もちょっと気になったんだ。可愛い声ね」

フリルのＴシャツにオーバーオールを着たその女の子はとても元気がいい。活発に楽しそうに歌っている。その歌声は、甘いシフォンケーキと酸味の効いたミックスベリージュースのセットの様に整っていた。私の耳にすんなり馴染む。そんな感じだった。

曲が終わると、女の子は笑顔でマイクを片手に言った。

「ありがとうございます！　広島から来ました。えっと、まだ上京したばかりであんまり東京の事わかんないんですけど。これから頑張っていきます！　あ、えっと、私、あるくちゃんといいます。ツイッターで『あるくちゃん』って検索したらすぐ出てくるのでフォローよかったらお願いします！

事務所に所属しているんですけど、そっちの方でも月に一回劇場でライブがあるのでぜひ聴きに来てください！」

五、六人ほどの観衆が拍手をした。

私も拍手をしながら携帯電話を触る未華子に言った。

「検索してるの？」

「うん。あ、あった。あるくちゃんねえ。フォローしとこっと。知世もツイッターすればいいのに」

「やらないよ。だってすぐ飽きるもん」

それにしても聴いていればいる程、引き込まれる歌声だなと思った。私は普段あまり音楽を聴かないのだが、もしCDでも出していたら買ってみようかと思った。

少しだけ心がワクワクした。そんな真夏の昼下がり。

空気が明るく、けれども少しだけ姿を現した雲は、白いのにどんよりと重たく見えた。

少し離れた原宿のビルの窓ガラスに太陽の光が反射して、その下を歩く人達を映しだすかの様に垂直に光が注いでいた。

「それでは最後の曲聴いて下さい！　私の大好きなコレサワさんのたばこ！」

私はその曲を知らなかったが、聴けば聴くほど魅了される歌声で、女の子はしっとりとそのバラードを歌い上げた。歌詞の内容は、別れた彼氏の事を想い、たばこを吸っていた彼氏が印象的でまた思い出して感傷的になる、というものだった。最近の歌なのかなあ。ボカロという言葉も聞いた事はあるけれど、さっぱりいま時の若い子の音楽の嗜好にはついていけなくなったと私は立ちすくしていた。

幸運にもお父さんは、食べるものや欲しいおもちゃやCDなんかもそう、何不自由なくさせてくれた。

ピアノ教室って結構お金かかるんだ。そんな事を知ったのは随分後になってからだったが、結局すぐに諦めてしまったのはいま思えば少し後悔している。だって、だって目の前にこんなに歌が上手くてギターが上手な女の子がいるんだもの。目の前にいる女の子よ、頑張れ。そう思うしかいまはない。もしもう一度会えたらサインを貰おう。そしたら診察室に飾ろう。まあ、飾るのは冗談だけれども。

そんな事を思ってぼうっとつっ立っていたら女の子と目が合った。そしたら目一杯私に手を振ってくれたので私も控えめに手を振り返した。

なんて可愛いんだ。これが今時の女子か！　頑張れ自分。

今日はこんなに暑かったし疲れたけど代々木に来て良かったと、少しだけ思えた。

＊＊＊

その日の夕方に未華子が「ちょっと店寄ってくるから先ににゃんパー行ってて」というので、

私達は原宿駅で一旦別れた。

先に店内に入るとマスターが言った。

「あらあ、いらっしゃい」

「未華子も後で来るよ」

「そう。うふふ。今日は特別暑いわねぇ」

私は奥のテーブルに向かって歩きながら言った。

「そうだよね。あ、今日はどうしよっかな。うん。セイロンティー。ミルクで。あと、塩レモン」

マスターはにっこりとして言った。

「はぁい」

店内には私と、他にもう二組いたが、私がセイロンティーをほとんど飲み終える頃にはいつの間にか私だけになっていた。

二時間ほど経って携帯電話が鳴った。未華子からだ。私は電話にでた。

「はい。まだお店?」

未華子は小声で話す。

「知世、ストーカーよ。職場からずっと付いて来てるの。いま、もうすぐ着くとこだけれどちょっと外に出て来てくれないかしら」

「え？　分かった。いま出るよ」

私はセイロンティーを少し飲み、立ち上がってカウンターの通り越しに言った。

「マスターごめん。ちょっと外出てくる。未華子近くまで来てるって」

マスターは言った。

「はぁい」

私がそろそろと外に出ると未華子が店の入り口から少し離れた路地で男性と口論していた。

私は絶句した。

それとも単に諦めただけなのかもしれない。

「谷屋さん」

「あ、あ、中村先生……」

未華子は谷屋さんから離れて、私の方へ詰め寄り怪訝な顔をした。

「なに？　知世、知り合い？」

「うーん」

私は言った。

困った？　多分そうだろう。

谷屋さんはその隙に頼りない駆け足で逃げる様に去って行こうとした。

「ちょっと待ちなさいよ」

未華子は谷屋さんの腕を掴み言った。

「警察呼ぶからね！」――あれ、呼ばないんじゃなかったっけ。

谷屋さんはその場にうずくまり、服のポケットからタバコとライターが地面にコトリと落ちた。

閑散とした路地に私達三人の吐息がふうふうと鳴っていた。

私は未華子におおまかに事情を伝えた。そしたら三人でにゃんパーで話し合いしようと言うのだ。

マスターは言った。

「あらあ？　いらっしゃい」

私達は奥のテーブルに座った。しばらく沈黙が続いたが最初に口を開いたのは谷屋さんだった。

「あのう。すみませんほんとうに。僕、みかんちゃんのファンなんです。それだけなんです」

未華子が職場でみかんちゃんという名前で働いている事をたったいま知った。知ってしまった、と思えばよいのだろうか。

「あのね、だからって、ストーカーは犯罪よ。もう何週間も前からよね」

そう言って、続けて未華子は言った。

「でもね。うーん。知世んとこの患者さんだったなんて。どうしたものかしらね」

私と未華子は顔を合わせた。

谷屋さんは俯きながら椅子に座って言った。

「頑張るなんて。もう僕五十歳過ぎてるんです。もうどこも雇ってくれませんよ」

私は黙って聞いていた。

「僕ね、本当にみかんちゃんのファンなんです。本当に、それだけなんです。後を追ったのは本当に謝ります。すみません。

会社クビになって、そもそも貯金もないし、最後にみかんちゃんに会いに行こうと思って店に行ったら、今日みかんちゃん休みだって言われて、それで、店を出たらみかんちゃん見つけて追ってきたんです。

どうしようもない男なんです。

これでも若い時は営業で成績もよくて全国飛び回ってたんです。結婚もしましたし。でも妻が妊娠して、出産間近だっていう時に関西に単身赴任になって。そしたら急に妻がいなくなってお腹の赤ちゃんも死んでしまったみたいで。それから十年間引きこもってました。僕が悪いんです。……本当に申し訳ありませんでした」

私は黙るしかなかった。

反対に未華子は言葉に精をだした。

「ここで働きなさいよ。男ならそれくらいの根性みせなさいよ。私のファンなんでしょ。ここで働けば月に二回は会えるわよ。可愛い私に！

それでどうかしら。ねぇマスター！」

「あらぁ。いいわよ。明日からでも来てちょうだい。うふふ」

私は呟いた。

「マスター……」

「メロンクリームソーダ三つね！」

未華子は笑って言った。

そんな事で、谷屋さんはにゃんこ&パールで働く事になった。

ドラマか映画の様なその展開に私はたっぷり悩んでいた。

久しぶりに、仕事の事でこの場所で悩んでいた。スーパーでお惣菜を選ぶとき、鳥の唐揚げにするか、焼き豚にするか、牛のサイコロステーキにするか――後になって思い返せばそんな事くらいの悩みだったのだけれど。

＊＊＊

谷屋さんが私のクリニックに初めて来院して来たのはいまから二年ほど前。別の病院で診てもらっていたが、非定型精神病と診断され、原因も分からずに悩んでいて私のところに転院して来たのだ。とってもおかしな話だ。

ほぼ一日中続く抑うつ気分が長期間続く。社会への不適応感や罪責感。疲れやすさや活力の減退。非定型精神病ではなくせめてうつ病だと診断されていればまだましな医者だと、転院前に三年も通っていた病院はなんて適当だったのだ、と思っていた。私は谷屋さんの症状が長く軽症である事から別の診断名を下した。

それが私の仕事というもの。

大切なお話をたっぷり聞いて、大切な事を少しだけ話す。

そんな事を繰り返しているうちに、私はひどい落ち込みに苦しまなければならなくなっていったのだ。

なぜ私にはこんな事くらいしかできないのだろう、ってね。

そんな自分を最近になって救ってくれたのは、あの酔っ払い青年だったと思っている。

野村開樹《ひろき》。都内の大学に通っていた尊く儚い命。老いてゆく花のように美しい心の持ち主だった。老いてゆく花のように約束を守り、破り、そして車にはねられたと聞いた。

今でもどこからか意気のいい声が聞こえてきそうだった。その声が聞こえてきそうになる度に私は心の中で言い放つのだ。

へい、神様。アンラッキー。

＊＊＊

コツンコツンとドアのノックの音が聞こえる。それが些細な耳鳴りくらいに感じる。私は数回瞬きをして「どうぞ」と言った。

ノックの後に谷屋さんが入ってきた。私はいつもの様に挨拶した。

「こんにちは。調子はどうですか」

「ええ。昨日はすみませんでした。あんな事に」

私は言った。

「いえ。今日は少しお話があります。私は主治医として、転院をできればお願いしたいと思います」

「はあ」と言って谷屋さんは続けて言った。

「やっぱり昨日の件のせいでしょうか。本当にすみませんでした」

私は言った。

「いいえ。単に転院をお勧めしているだけです。よろしいですか？」

「分かりました」

谷屋さんは力なく言った。

私は続けて言った。

「紹介状を出しておきますので二週間後に取りに来てください。受付けまでで結構ですので。少し遠いですが馬込に信頼できる医者がおります。私の大学時代の教授です。今後そちらの方へ通院して下さい」

谷屋さんは妙に落ち着いて言った。

「ちょっと遠いですね。へへ。分かりました」

私は一呼吸置いてから言った。

「ではそういう事で。薬は二週分出しておきますので」

「はあ。会社をクビになった時はどうしようかと思いましたが、すぐにあのお店で働かせていただく事になって、そしたらいつかふらっと妻も戻ってくるんじゃないかと思います」

私は言った。

「これからもにゃんこ&パールで会いましょう。あ、それと、気が向いたら小説を書いてみてはどうですか。大きなロボットに乗った少女のお話なんかを。ではお元気で」

「ありがとうございました」そう言って谷屋さんは診察室を出ていった。

十分に用意しておいたたくさんの言葉のほとんどを使わずに、簡潔に最後の診察を終えた事に私は満足していた。

その日もいつも通り、私は、次々と来院する患者の診察を続けた。夕方になり西日が隣のビルの隙間からさしこんできた頃、よく冷えたアイスコーヒーを一杯飲んだ。

雨で湿った土の様な香りがした。


その日の夜。私は自宅に帰り、靴を脱ぎ直行でソファにダイブ。ソファの横のテーブルの上のリモコンを触り、冷房をつけた。夜ご飯は冷凍のチャーハンでいいか、と思いながら寝転がっていた。

毎日改札を抜ける時にタッチさせる磁気カードの様に、あって当たり前、でも無くすと本当に焦る。そんな気持ちになったからこそ転院を促したのだろう。

いま思えば、の話だが。

＊＊＊

谷屋さんが接客をしている。マスターよ、それでいいのか。私は分からなくなる。でもまあ、ここにきて美味しいものが食べられればそれでいいか——なんて半分諦めていた思考に蓋をした。

「なに？　ぼうっとして」

未華子が言った。

「なんでもない。ていうか未華子のせい」

「なんで？」

「なんでもない」

私はそう言った。

そこにマスターが来て言った。

「あら二人とも今日はなんだか元気がないわねぇ。夏バテ？　そうそうこれお土産。友達からもらったのお裾分けよ。明石焼きせんべいだって」

未華子は言った。

「え。マスター友達いたの」

私は言った。

「兵庫のお土産？」

「失礼ね。友達なんてたくさんいるわよ。でもね。聞いてよぉ。最近失恋しちゃって、いま誰も相手がいないのよぉ」

「あはは。知らないわそんなの（笑）ねえ知世」

未華子に続けて私は言った。

「うーん残念な事なのかな。あ、マスター。限定のスイカのカクテル一つ」

未華子は言った。

「あ、私も」

マスターは言った。

「ちょっとお。だれか話聞いてよもう」

そう言ってトコトコとカウンターの方へ萎れて帰っていった。

「こちら、お下げしてよろしいでしょうか」

背後から急に谷屋さんがやって来た。

「うわ。びっくりするじゃないの。あなた相変わらず接客のタイミングってものを知りなさいよ」

そう未華子は言った。

「すみません。まだ何分、慣れていないもので」

そう言ってお皿を運んでいった。

未華子は肘をテーブルにつけて言った。

「ねえ、知世。夏の終わりに花火でもどうかしら？」

私は言った。

「ああ、去年もやったね。未華子んちのベランダで」

「そう。てかあれね、後で怒られたんだからね」

「やっぱり。ベランダで花火はね。あの時私も泥酔してたから」

「どこかいい場所ないかしら。公園とかだと蚊がいるから嫌なのよね」

「失礼します。スイカのミックスカクテルお持ちしました」

「うわっ。ちょっとまた。タイミングよ。びっくりするじゃない」

未華子が言った。

「すみません。何分、初心者なもので」

そう言ってまた去って行った。

「胸にでっかい初心者マークでもつけときなさーい」

谷屋さんはこちらに振り向きお辞儀をした。

「ちょっと未華子、声が大きいよ」

私は目立つのがあまり好きではない。

未華子はカクテルを少し飲んでから言った。

「谷屋さんの事嫌いじゃないわよ」

私は言った。

「そう。良かったたね。谷屋さん、あなたの大ファンなんでしょ」

＊＊＊

十月も下旬になり、季節は秋。暦の上ではもう冬なのか、なんて事を思いながら白のブラウスにジャンパースカートを履いて出かけ、いくつか買い物を済ませた。朝と夜は冷えるものの、今日の東京は二十六度と季節外れの夏日を記録していた。

買い物から帰り、ぼうっとしていたらいつの間にか夜になった。久しぶりに今日は何もしていない。本当に自分でも飽きれるくらいに何もせずに過ごしたのだ。だいたい起きたのは昼過ぎだったし、その後は部屋の掃除をしてから買い物に出かけ、帰宅してからはずっとテレビを観ていた。

昨日は土曜で午後は休診だったが夕方まで会議があり、会議が終わってからは、にゃんこ&パールで未華子と閉店まで飲んで、食べて、いつもながらたわいもない雑談をして未華子の仕事の愚痴を聞いていた。

結局チーフになってさっそく残業が増えたらしい。

谷屋さんは相変わらずだが、お客さんの中には、礼儀が正しくていい印象だ、という人もいたりする様だ。私に対しても変わらず敬語で接している。「中村先生」なんて未だに呼ばれるのにも別に違和感はない。本当にそんなものなんてないのだ。

昼にコンビニで買ってきたおでんを電子レンジで温め直し、ささっと食べてからシャワーを浴びた。髪が長いのでドライヤーにも時間がかかる。中途半端にしないでバッサリと切りたいのだが勇気がでない。まぁもう冬になるし長い方がいいだろうと自分に言い訳をする。

ベッドに座り、ベランダの窓越しに外を眺めていた。窓に映る部屋の蛍光灯の明かりが、ぼんやりと白く光る染みのように思えた。

心何処へ宙に舞う。されど身はここに在り。

そんな詩人の様な（そうでもない様な）事を思っていた。知っているところ、想い出の場所を憐れんでも私の身体は物理的にここに存在している。なんて考えた。

私でも、生きるとはどういうものか、なんて事を考えたりもする。私にとって生きるとはどういう事か。その答えは分からないし、考えてもきりがない事。

そんな事を思いながら、私の身体はベッドに緩やかに沈んでいった。

なんとなく最近楽しいな。そう思うとなんだか目が冴えてきた。

私が最近出会った人。そして以前から私を知っている人。みんなそれぞれこの世界で暮らしている。ちょっと無理しても、ちょっとなまけても、それでもみんながそうやって一日を紡いでいけば一か月なんて時間は秒速二百キロで真っ直ぐに過ぎ去っていく。

それが都市だ。

シンディーは家族を愛している。でも永遠のガールだから楽しみたい時は楽しむんだ。夜中に電話が鳴って、パパが怒鳴ってもね。

でもそれを正論だと言い難い仕事を私はしている。夜中に電話が鳴っても飛び出して行ったりなんかしてはだめ。安静にしてないと。しっかり眠らないと。規則正しい生活をしないと――ってね。今までずっとそう頑なに思ってきた。

あ、そうだ、と、ふと私は思って枕元の携帯電話を手に取り調べた。ふうん。あの冷やしカニラーメンのお店、海老丸ラーメンっていうんだ。あ、一日限定三十食。えっと口コミは――濃厚なカニみそのスープに噛み応えのある太麺が絡み絶品。トッピングの刻み紫玉ねぎとレモンがアクセント。チャーシューは柔らかくてこれまた絶品。一度食べたら忘れられない、特にカニみそ好きにはたまらない一品です、か。えっと、九百五十円。安いじゃん。今度の休みこそ未華子を誘ってみよう。

目を閉じて暫くすると、体の力が抜けていった。

一日三十食限定かあ、並ばないと食べられないかな。なんて事を思いながら眠りについた。

ある秋口の夜の事だった。

＊＊＊

十二月の広島は寒かった。福山で新幹線を降りて電車を乗り継ぎ、そこから十分ほどで尾道に降り立った。いかにも重たそうな黒い雲がいくつも空にまたがっていた。

今週は通常の診察に加えて、水曜日と金曜日の夜にそれぞれ研修があったので土曜日の診療後すぐに自宅に帰って久しぶりにたっぷり寝た。そしてこの日曜日だ。

日曜日に東京以外の場所にいるなんて何年ぶりだろう――明日はもちろん仕事だから遅くても夕方の電車で帰らなければいけない。

足早に駅から離れて目的地へと向かった。

暫くすると踏切にさしかかり、見上げると坂道がずっと上まで続いていた。その頂上の横を登るロープウェイの降り場が微かに点の様に見えた。


「母、危篤」。そうお父さんからメールを受け取った。

一分間悩んで電話をかけた。

冗談だ、と受話器越しにお父さんが笑っていた。

「もう。それで、おばあちゃんがなに？」

「ばあさんじゃない。お前のお母さんだ」

「……お母さん？」

「手紙が届いた。お前宛だ。明日そっちに寄ってポストに入れといてやるよ。あ、もちろん開けて読んでなんかないぞ」

「ふうん、ありがとう」

「相変わらず忙しくしてるのか？」

「変に気を遣わないでよ」

「言うようになったな。まあいい。どうだ、たまには一緒に食事でも」

「いいけど、私もうお子様ランチじゃ足りないわよ」

そんな事くらい分かってる、そう言ってお父さんは電話を切った。


二日後に届いた手紙を読んだ。

内容はこうだ。

「知世ちゃんへ
はじめて手紙を書きます。
私はこの夏で丁度五十歳になりました。ちょっとした歳です。
あなたを産んだのが十九歳の冬でしたから、それから三十一年ほどが経ちます。
あの時、私は意識がなくて、目覚めたら病院のベッドの上でした。
あなたが無事産まれて生きている事を知っていながら私は東京を離れました。

逃げる様にやって来たのは祖父の実家の広島の尾道というところでした。病気になって、リハビリを続けています。いまではもうすっかり良くなりましたが、あの時の事を思い出すと時々胸が苦しくなって朝食のパンを焼く事すらできない事もあります。

知世ちゃんはいま、東京で頑張っていますか？

尾道は海が近くて静かです。昔から続く商店街を歩いていると、古びたおもちゃ屋さんやお土産屋さんがいまでも細々と営業しています。

私がやっている音楽教室は、そんな商店街から道を挟んで踏切を渡って、坂の上のところの家がポツポツと建っている一角にあります。

教室の写真を同封します。

一度だけでもあなたを抱きたかった。

この腕で知世ちゃんを抱いて涙を流す夢を何度も見ます。私が東京に行く事はとっても難しいけれど、でもいつか会いに行ってみたいと思っています。

こんな私でいいのなら。

首元を抜ける東京の風が、私の気持ちと体を地面のアスファルトに沈み込ませていく様な気がしました。そして私は東京から逃げました。いつか死ぬまでに一度でもあなたに会って、「はじめまして」と言いたいです。

贅沢なお願いだとは分かっています。けれど気が向いたならいつでも会いに来てください。
いつまでも待っています。本当にいつまでも待っています
中村真由美」

いまにも雨を降らせそうな黒い大きな雲が余計に寒さを感じさせていた。

尾道の有名なお土産っていったら何があるのかな。そんな事を思いながら細い坂道を歩いていた。少し歩くと小高いところから海が見えた。潮の気配がこの辺りまでをもひんやりと包んでいた。

その少し先を見ると看板が見えた。木の茂みにひっそりと佇む古そうな木目の外壁の建物だった。近寄ってよく見ると、掃除が丁寧にされていて、真新しささえ感じられた。長細い一メートルくらいの木の看板に〝中村音楽教室〟と黒い字で彫られていた。

「観光ですか？」

後ろから急に声をかけられたので、私は息つく暇もなく振り返った。

「あら、東京の人？」

「はい、東京から来ました。どうして？」

「匂いで分かるのよ。東京の人ってなんだか黒い匂いがするじゃない……」そして「知世ちゃん？」と。

「お母さん？」

私たち二人がお互いの事を理解するのにかかった時間は、落ち葉が数枚ヒラヒラと風に流れていくくらいのものだった。

不思議だった。

「入って。ここじゃ寒いでしょう」

中に入るとまず大きなピアノが目についた。それからギターやヴァイオリンが壁に掛けられ並んでいた。二階にはドラムもあってスタジオになっているのよ、と優しく教えてくれた。

私たちは一階の窓際のテーブルを囲み、随分使い古された、けれども綺麗に磨き上げられた椅子に座った。麦のコーヒー美味しいわよ、と言われて私は一口飲んだ。これ美味しい、そう私が言うとお母さんはにっこり笑って頬をあからめた。近くで見ると、お母さんは、肩の下まである長い黒髪をオレンジ色のシュシュで括っていて、とても若く見えた。でもよく見ると目の周りや頬のしわが見えてそれがなんだか愛おしく思えた。

「それで、知世ちゃんわざわざこんなところまで来てくれてありがとう。本当に嬉しい。でもごめんなさい。あんまりあの時の事は思い返したくないの」

「ＰＴＳＤ」と、私は俯いて言った。

「精神科医になっただなんて。こんなに立派な大人になって。私、ごめんなさい」

「あんまり時間がないの」

「そうよね」と申し訳なさそうに返事をするのでなんだか悪い気がした。

「私って娘にみえる？　会ってみて親近感とか湧いた？」

幼稚な問いかけだった。

「はじめて会った気がしないのよ。お父さんね、たまにメールくれてたの。知世ちゃんの写真付きで。でも最後に送ってくれた写真は高校の卒業式だったなあ」

「そっかあ」と私は声に少し伸びを足した。

「たくさん医者に掛かったわ。十四人目からは覚えていないのよ。

それから何年か経ってからは生への執着心がまるっきりなかったの。そんな状態でも知世ちゃんの写真を何度も見返す事だけが喜びだったのよ。不思議とね、そんな事をしても苦しくはならなかったのよ」

私は、うん、と一度だけ首を縦にふった。肯く事くらいしかできない自分の弱さを内心嘆いた。もうそろそろ帰らなくては電車がなくなる。予約の患者さんがたくさんいるんだ。たった五分程の時間を大切にしている人がたくさんいる。私はその限られた時間でなにか答えを出さなければいけない。

もちろん、そこに正解なんてものはないのだけれども。

頻《しき》りに時計を気にした。けれども、まっすぐにお母さんの顔を見つめていたら、いまをもっと味わっていたいと思った。

時間の許す限り。

そしていま思っていることを正直に話した。子どもの様に素直に。私にも家族の為に過ごしてきた時間があったのだ。

「お母さん。ねえ、もう帰らないと。でもお母さんと離れたくない。ずっとここにいたい。引っ越して尾道の病院に勤めてもいいいんだよ。お母さんがどんな病気だって私なら完璧に治してあげる。

ねえ、お母さん、そんなに泣かないでよ」

どんな病気でも完璧に治せる、本当にそう思ってしまった。

——お母さんは静かに泣いていた。でも顔は伏せなかった。ずっと私の方を見て静かに泣いていた。いつまでも私から顔をそむけるなんて事はしないという姿勢だった。

静かな林のなかにポツンと佇む音楽教室は、急に降ってきた冷たそうな雨に取り囲まれていた。雨が窓を打ちつける音が嫌味な音に聞こえた。その音だけが部屋に響いていた。だから私は余計にお母さんの側にいたいと思った。

お母さんは言葉を掻い摘んで静かに話した。

「私逃げたの。東京が怖くて。怖かったの。東京って晴れている日も雨の日も雪の日も暗いのよ。特に地下鉄のホームなんかはとっても暗いの。人が溢れかえっている車内でもすごく孤独なの。

生きていくには呼吸しないといけないの。でもあそこでは呼吸ができないの。息が詰まって苦しくなるだけ。私、母親としてあなたに何もしてあげられなかったけれど、あなたが元気でいるかって毎日泣きながら心配してたわ、ここに逃げてきた時は。けれど離れていても私はずっとあなたの母親よ。そんな都合のいい話あるかって申し訳ないのだけれど、今日は来てくれてありがとうね。また来てちょうだいね。いつでもここにいるから。本当にいつでもここにいるのよ」

その言葉を聞いて、私は泣かずにはいられなかった。

「私、」言葉に詰まった。

「私は、」そう言って唇が震えた。

「私のお母さんは、あなたなの。私だって本当は東京で無理しているのよ！」

涙が細かくリズムを取ってテーブルの上にポタポタと落ちていった。先ほどまで降っていた雨はさらに増して大雨になっていた。お母さんまた来るね、元気でね、バイバイ、そう言って音楽教室を後にして呼んでおいたタクシーに乗った。雨に少しだけ濡れた服から湿った落ち葉の青い香りがした。

私が私でいる理由が分かった。それはお母さんがお母さんで在る理由とまったく同じことだった。

つまり、お母さんがいるから私がいるという単純で難解な結果論だった。

帰りの電車の中で自然と独り言を口にした。

「お父さん、いつか一緒にお母さんと暮らせるかな。私頑張ったんだよ。一生懸命努力した。できる限りの事は精一杯やっていまここにいるの。私、」

家族になりたいよ

そう言いながら涙が目に溜まってすうっと目の下を流れた。そしたらもうどうでもよくなって次々と涙がこぼれ落ちた。私ってまだ泣けるんだ。私ってまだそんな気持ちを持つ事ができたんだ……。そう静かに心に留めた。

　寂しいよ。やっぱり一人は寂しい。本音はね。だけど私は自分を律して生きてきた。本当は生きているだけでもつらいはずなのに、だけれどそれ以上を求めて逆に苦しさから逃れてきたんだ。そんな生き方をずっとしてきたんだといまになって気付いたんだ。

　広島が離れていく。三時間後にはいつもの自宅のマンションにいる。今日は寂しいけれどまた会える日まで私は東京で楽しくやっていこう。

　いつかお母さんとお父さんと一緒に暮らせる日まで。だって私はいつまでも二人の子どもだから。

　そう思えたことがまさに希望の光だった。

　いつまでも待っていてくれるのだから、いつでも会いに行けばいいんだ。お母さんとの僅かな時間は、季節はずれの私のハッピーバースデイだった。

＊＊＊

　大手町駅を降りてビル街を自宅まで歩いた。風が手や顔を刺す様に寒かった。何か温かいものでも食べたいと思ったのでコンビニに立ち寄り、肉まんを一つ買った。

マンションに着いて部屋に入ると未華子からの電話が鳴った。私は荷物を玄関に置き、コートを脱ぎながら電話に出た。

「あ、もしもし？　広島どうだった？」

「うーん。楽しかったよ」

「えー。それだけ？　まぁいいけど。あ、それでね、もうすぐお正月じゃない。私四日まで休みだからフランスに行こうと思うのよ。知世も来る？」

「フランス？　うーん。私は元旦に勉強会があるんだよ。まあほとんどはお酒の付き合いだけど」

「えー。つまんないの」

「お土産よろしくね」

「分かったわよ。じゃあおやすみ」

「うん。おやすみ」

今夜はよく眠れそうだ。

＊＊＊

七時二十二分の賑やかな電車に乗って手すりに身を委ねた。首を傾けてみても、窓越しに見えるいくつものビルはまっすぐと建っている。

私は訊ね続ける。「おはようございます。調子はどうですか」と。ここでは「こんばんは」以外の挨拶は全て試してみる。いくつかは成功した。例えば「へい。ご機嫌よう」「やほ。ご無沙汰」——など。

失敗例を挙げればきりがない。

それから毎年七月二十三日には尾道へ一本の電話をかけた。

『誕生日おめでとう』

そして同じ日に、もう一つする事があった。それは診察室の卓上カレンダーにこう書くことだった。

『今年も約束を守ってくれてありがとう』

この世の中には、自分の力だけではどうしようもない事はいくらでもある。苦しく、辛い、惨めで耐え難い事もこの世にはたくさんある。

楽しいことと同じくらい、死ぬほどね。

＊＊＊

それからいくらか歳月が経って、みんなそれぞれ前に進んでいった。中には後退した人もいただろう。

山川君はアナトール・フランスの小説「ペンギンの島」を半分読んで、フランスに行きたいと言った。その事を聞いて以降、彼が診察室のドアをノックする事は未だない。全部読み切らなかったというのが難点かもしれない。

本田ちゃんは大学を中退して御茶ノ水のパン工房でアルバイトをしている。毎日小麦粉に囲まれて幸せだ、といつも話してくれている。

未華子はいつかの年末以来帰ってこない。つい最近電話がかかってきて、今はボリビアにいるそうだ。

この年は、一年後に迫る東京五輪に向けて街がほんの少し活気づきはじめた。それに引き換え（というわけでもないが）日本と韓国の仲がほんの少し悪くなった年でもあった。

ピルルルと携帯電話が鳴った。

「はい」

「日本は楽しい？」

「じゃあ逆にボリビアは楽しい？」

「そっちよりはマシよ。なんだかこうして国を回っているとむかしの事をよく思い出すのよ」

「へえ。どんな？」

「私ね、あなたの事をどうにかしてでも守ってあげたいって思ったの。学生の頃よ。あなたいつも弱々しくてだらしなかったから。それなのになにかを始める勇気だけは人一倍あったわよね」。来週日本に帰るから、両手で抱えきれないくらいお土産がたくさんあるの、と言って電話は切られた。

元気そうで安心した。でもその元気さはいつかなくなるのだろう。もちろん私も。

あらゆるものはいつか終わりを迎える。しかしその最後の日まで、人は回復し続ける。人は人によって回復させられる。そんなだから私は回復の真ん中にいる。

一人で空想にふけるのは久しぶりだった。公園脇に放置されたブルーシートのかかった工作物、日替わり小鉢付きのニュージーランド産カンタベリービーフ、歌舞伎町一番街の真っ赤なネオン、レンガ造りの交番、半蔵門線ホームゆきのエレベーター、赤茶く錆びた鉄の匂い、黒い匂い、アンラッキーな信仰、潮風の香り……。

みんなそれぞれ暮らしの中で、今日も明日もビルを飛ぶ。

東京マンダリン

きっと今頃、もう、私のおばあちゃんは元気に働いているだろう。

そんなことをふと、眠気が残る頭で思っている。

時刻は午前十時を少し過ぎたところだ。

私は休日だった昨日の夜に、職場の仲間とカラオケを楽しんで夜中三時頃の帰宅だった。

日差しが東側の窓から照りつけて、横たわるベッドの枕元に届いていた。

今日は仕事が遅番だから、朝に時間の余裕があるのは幸いだ。

東京の町屋のこのアパート周辺は、駅から徒歩で十分程度にある住宅街だ。

上京してもう一年と数か月になるこの街で私は二度目の夏を迎えている。東京の夏は暑いと想像していたが、近隣の埼玉や群馬などの方が最高気温は例年、こちらよりも高くなることはニュースを観て知っていた。しかし、それにしても今年は全国的に例年よりも暑くなるとの予報が出ているし、現にまだ七月も上旬だというのに今年に入ってから猛暑日を八回も記録しているのだ。

先週に、美容室に行って髪をバッサリと肩に少し掛かるくらいまで切っておいてよかったと、私は洗面台の鏡を見てクシで梳きながら思っている。大きく欠伸をした後にホホバオイルを一滴、手のひらに垂らして両手で擦り合わせて髪の毛を撫でる様に付けた。そしていつも通りアイラインとファンデーションは薄目に整えて、仕上げに最近流行りのライラックカラーのリップを唇に馴染ませた。

クローゼットから薄手の花柄のTシャツとスキニーパンツを選び、それに着替えてから再び洗面台の前に立ち、ドライヤーで髪型を整えた。

少し早いが、玄関を出て鍵を閉めて、鞄に終った。

階段を下りると掃除をしている管理人に出会った。

「管理人さんおはようございます」

「あぁ、浅井さんおはよう」

「いつ見ても可愛らしいねぇ」「今日は暑いねぇ」などと言ってくるのに対して私は「ご苦労様です」と相槌をうった。管理人とはよく話をする。見た目は七十歳を超えたところだろうか。実年齢は知らないが元気なおじいさんだ。

スマホを片手に、メールの返信をしながら町屋駅まで歩き、財布を改札にかざして騒がしい構内をくぐり抜ける。駅のホームの列に並んで前髪を指先でつまんで横に流した。

町屋から赤坂まで東京メトロ千代田線に乗って職場に向かう。私の職場は赤坂三丁目のホテルのロビーに併設しているカフェだ。

上京して最初は生命保険会社の営業の仕事をしていたが、職場と顧客の双方の人間関係に嫌気がさして半年も経たないうちに辞めた。その後、今のカフェで契約社員として働かせてもらえることになったのだ。

決められた出勤時刻より約一時間早く着いたのは朝食を休憩室で摂る事と、今週末のライヴについて話す事があったからだ。ライヴには同僚の綾川先輩と一緒に行く事になっていて、朝にメールのやり取りをしていて、始業前に話そうという事になっている。

休憩室のドアを開けると綾川先輩と野村君がいた。

「浅井ちゃんおはよう。昨日あんまり寝てないんじゃないの？　ねぇ、野村君も」

「僕はみんなより先に帰りましたから。そもそも僕はカラオケよりも主任たちと一緒のダーツバーに行きたかったんですからね」

野村君はあたふたしながら答えている。

「でも野村君、歌上手いじゃん。あ、綾川先輩。チケット取ってくれてありがとうございました。楽しみです！」

そんな談話も弾む今日この頃、東京での暮らしにも満足している私だった。元々、慌ただしくせっかちな性格だと自分のことをそう思っているので、地元を離れて一人暮らしをすることには何のためらいも無かったし、寧ろそれが夢だった。地元を離れる時、両親は「若いうちになんでも経験してこい」と言ってくれた。最も、最終的にお母さんは「いつでも帰っておいで」と、威張るお父さんとは対照的だったのを覚えている。


今からおおよそ一年前、高校を卒業した直後に私は地元を離れた。

私の地元は正に田舎を絵に描いたような街だ。山に囲まれた盆地で、川と田んぼと畑ばかりでスーパーに行くのにも家から車で十五分はかかる。コンビニなんてものは隣街に行かないと無いし、学校も小学校、中学校、高校とそれぞれ一校ずつ。

東京行きを、最初に相談したのはおばあちゃんだった。

おばあちゃんは、おじいちゃんを早くに亡くしてからも働き続けた。もう七十二歳にもなるのに元気で風邪さえもひかない。

おばあちゃんは保育士で、定年を過ぎた後も村の小規模な託児所で臨時職員として週三日、多い時では他の社員と同じ週五日で働く場合もあった。それに加えて私の高校通学の送迎もしてくれていて、さらには畑仕事や田んぼの管理もしていたのだから感心する。

ある日の学校帰りに軽トラの車内で私は言った。

「おばあちゃん軽トラで迎えにこんといてや」

「あかんのんか」

「嫌やもん。はずかしいやん」

「しょうがないんや。畑やってから来るんやで」

実家の泥だらけのタイヤの、白い軽トラはおばあちゃんの代名詞ともいえるようになっていた。

「おばあちゃん、うち東京行こうと思ってるんやけど」

軽トラは赤信号で停止した。

「東京かぁ。ももちゃんは大学やらは行かんのんか？」

「行かん。働きたいでなぁ」

「なんや、ももちゃんが大学行く為に私お金残してるんやよ」

「そうなん。そのお金で軽トラやなくてマシな車買ったらいいやん」

「そんなもったいないこと出来んわいな。そやけどももちゃん東京行ってなんの仕事するんや」

「それは全然考えてんわ」

ガクガクと荷台に乗せた農具の振動が座席に伝わる。軽トラは桜の木が並ぶ河川敷沿いを抜けて、農道をノロノロと進んでいく。

私はその頃、少し不機嫌だった。

緑の青臭い匂いを当たり前だと思う事もなく、なぜなら今までずっと、それしか知らなかったからだ。

そんな当然に嫌気がさしていたことに気づいてからは、不機嫌さがさらに増したと思う。

環境が私を支配している。

でも私は何も支配していない。

それは、雨だと分かっていて準備していた傘を開いてみると、傘に所々穴が開いていたということだろう。そうに違いない。

その点、学校生活にはさして不満はなかった。勉強は好きだったし、テストでいい点数が取れれば満足していた。担任の大間《おおま》先生からは国立の大学へ進学するべきだといわれていた。

私は大学で四年間も自由に過ごすくらいだったら、その四年間は仕事をして貯金をしたいと考えていた。簡単に言えば早く社会人になりたかった。学生という括《くく》りから早く抜け出して大人になりたかったのだ。道徳性の芽生えを培《つちか》うには学生生活も高校までで事足りるだろうと思っていた。

「すみません。宜しくお願いします！」

そう言ってお父さんは引っ越し業者のトラックを見送った。

「あなた。もう引っ越し屋さん行ったんか」

そうお母さんが話しかけた。

「おお。今出たところや」

「なんや、これ、蜜柑とお茶、お茶は温めておいたんやけど渡そう思たのに」

「そんなもんはようお前が来んでや。桃華《ももか》にあげえ」

私はリュックの前ポケットに最後に財布を入れてチャックを閉めた。台所から扉の開いた玄関先の庭が見えていた。お父さんとお母さんがブツブツ言い合っていた。

「桃華！　ほなお父さん行くでな。気ぃ付けて行けや」

「はいはい」

お父さんはこれから仕事だ。お母さんが私を駅まで送ってくれることになっている。そんな土曜日の昼下がりだった。

玄関先の庭に出てリュックを石段の上に置いた。お母さんが近寄って来て言った。

「桃華これ持っていき。まだちょっと寒いでなぁ。あんたそんな恰好でよう寒ないなぁ」

そう言ってペットボトルに入ったお茶と透明な袋に詰めた蜜柑を手渡してきた。

「ありがとう。お茶だけ貰っとくわ。蜜柑なんかいいよ」

「そんなん言わんとさっき採ってきたやつやでな。電車ん中で食べや」

「要らんよ」

「そうかあ」

「電車ん中で蜜柑食べるやつなんかえんよ。もう。どこの年寄りなんやな」

お母さんは口を尖らせて言うのだった。

「だってあんた蜜柑好きやんか」

「だから要らんてな」

修学旅行へ行く訳でもない。ましてや遠足に行く小学生でもない。私は今から東京に行くのだ。新幹線の車内で蜜柑など恥ずかしくて食べられるはずもない。

そうこうしているうちに玄関から繋がる階段からおばあちゃんが下りてきた。「よっこいしょ」と靴を履きながら言った。

「麻美《あさみ》さんや。そろそろ出んとあかんやろ。トラック出してくるわ」

「お母さん、私送るでいいよ」

「そうか。昨日採った蜜柑積んでるでな」

私は顔を上げて言った。

「だから蜜柑なんか持っていかんて」

「麻美さんや。うち送っていくでな。あんたちょっと家に居て。なんや水道の工事で中川さんくるって」

「え。軽トラで行くんけ」

私はおばあちゃんに向かって言った。お母さんは「そうけ。じゃあ頼むわ」と家の中に入って行くのだった。そしてトントンと階段を上る音が庭まで響いた。ガラガラと二階のベランダのドアが開く音がして、お母さんは洗濯物を干し始めた。

「ももちゃん電車三時半やろ」

「四時半やでなぁおばあちゃん」

「ほうか。そしたら行こうか」

そうして私は軽トラに乗り込んだ。「キキキキブウォーン」とエンジンが鳴って軽トラは発進した。

最寄りのローカル線の駅までは車で十分程だが、なんせ往来が一時間に二本しか無い為、特急に乗って県外なんかに行く際には、県の中心地の駅まで送迎してもらうのがこの田舎ではよくあることだ。そこまで行けば特急に乗れるし、特急に四十分乗って途中で新幹線に乗り換えれば二時間で東京まで行ける。

おばあちゃんが運転する軽トラは駅へと向かい、私は助手席に座りながら少しウトウトしていた。

窓の外には見慣れた景色が広がっている。

私とおばあちゃんを乗せた軽トラは、林道を走り、大野町を抜けて三水川《みみずかわ》を渡り、黒尾の交差点に差しかかった。この辺りまで来るとガソリンスタンドや役所、スーパーなどがチラホラと見えてくる。

道路脇に所々立ち並ぶ、からたちばなの木には赤い実が沢山ついている。長細い艶のある葉は濃い緑色をしている。

根尾川《ねおがわ》に架かる薮川橋を渡ると再び山道へと入って行く。軽トラが走るこの道の川の向こうに小さく学校が見えた。

丹羽《にわ》南高校、通称「丹羽高《にわこう》」。あの高校で私は三年間を過ごしたのだ。特に悪い思い出はなかった。優しい大間先生が三年間担任だったからだ。怒ったり、注意することすらも滅多にない先生だった。私は一度だけ、世界史の期末テストで七十四点を取ったことがあり、大間先生に「どうしたんや、浅井にしては珍しいやないか。次は頑張れよ」と言われた事があるくらいだった。

しかしその世界史のクラス平均点は五十二点で、私のクラス順位は二位だったのだ。ほとんどの教科で全国模試以外では八割を切ったことがないので、いくら平均点を上回っていようが私自身も悔しい思いをしたテストだった。丹羽高では中間と期末のテストで総合順位がワースト八位以下だと、放課後にグラウンドの草むしりをさせられる。無論、私はそんな事をする破目にはなったことはないが、クラスの、特に男子はテスト結果が返ってくる度に騒いでいたのだ。

「もう高校に思い残すことはないけ」

ハンドルを握っていたおばあちゃんが話した。

「高校も、地元ですら名残惜しさなんかないで」

「そうか。そやけどももちゃんはそんな東京になんでこだわってるんや」

「夢やったでなぁ。夢ってこだわりの最上級やない」

「そうか、よいけどな。まぁ蜜柑でも食べな」

おばあちゃんは「今年はよう生ったんや」と言って左手で差し出してくれた。

私はなんとなく手に持った蜜柑を見つめ、そしてなんとなく、なぜこんなにも綺麗なオレンジ色をした実が生るのか、などと思っていた。

すると、軽トラはゆっくりとスピードを落として停車した。私は顔を上げ、そして前方を見ると丹羽高の制服を着た男子が数人、山道の真ん中に立っていた。道路脇の小さな広場には数台の自転車が並んでいて、その周辺の岩に座っている男子もいた。

「なんや進めんやんか。どいてくれんけの」

「おばあちゃん。あれ隆元《たかもと》君や。これバドで勝負せなあかんやつやわ」

私の苦笑い交じりの困った顔を見て、おばあちゃんもしかめっ面をしていた。

そこにたむろしているのは丹羽高の男子達だ。隆元君という私のクラスメイトが中心メンバーで他のクラスやその後輩数人の集まりである。全員丹羽高のバドミントン部で、地元で僅かに名を馳せる、丹羽バドミントン倶楽部、通称「バド野郎」のメンバーだ。

こうやっていろんな場所でたむろしては、通行人にバドミントンの勝負をしかけているらしい。この「バド野郎」に勝たなければ通行する事は出来ないし、仮に勝ったとしても何か食べ物や飲み物などを渡さないと進ませてもらえない。

何とも理不尽な連中なのだ。

私は遭遇するのは初めてだが、そもそも隆元君やその友達は見知っているし、友達からもこんな事をしていると話は聞いていた。

一通り説明するとおばあちゃんは軽トラのエンジンを切って座席から降り、連中の方へと向かって行った。

「なんや浅井んとこのばーさん来たでー。ギャハハハハハ」

「ばーさん腰痛めんなよ」

「ばーさんに負ける訳ねーやんけ」

隆元君が自転車から降りて言った。

「お前らちょっと騒ぎすぎや。ここはシングルスや。一対一の真剣勝負やでなぁ。これはスポーツなんやぞ。毎日俺ら部活で練習してるやろ、騒ぎすぎたら失礼やないか。相手を敬う、試合できることに感謝する。いつもゆうてるやろ」

そう言って隆元君はおばあちゃんのところへ寄って行った。

「なんや、よし君か。久しぶりやの」

「おばあちゃんお久しぶりです。これ、ラケットです。使って下さい。あと、ルールは分かりますかね……。そして……です」

耳元で隆元君がなにやら囁いていた。

おばあちゃんは向こうを見て言った。

「よぉし。四時半には孫、駅に着かせなあかんでな。ちゃちゃっとやるでな」

「おし。お前ら準備しろ。のり！　審判せぇ。滝本と福島！　ラインズマンや。」

「分かった！」

「はい！」

「やります！」

ガアーガアーとカラスの鳴く声が林に響いている。狭い道路脇の広場には道路標識用の支柱が二本立てられ、その間にネットが張られている。コートのラインを示す線の代わりに白いガムテープが、草の上に雑に貼られていた。

隆元君が言った。

「浩二《こうじ》いけるか！」

「おっしゃぁ」

二組の佐々木君だ。いつの間にか赤いユニフォームに着替えていて屈伸をしていた。

「おし。のり！　いけ」

審判を任されたクラスメイトの則久《のりひさ》君が言い放った。

「ラヴオールプレイ！」

どうやら隆元君の決めた事で、おばあちゃんの年齢も考慮し三点先取の様だ。私は軽トラから降りて近くの丸太に座って応援した。

佐々木君のショートサーブから試合は始まった。おばあちゃんのリターンはバックハンドのコート左前へのフェイント。厳しい体勢ながらもなんとかロブを返す佐々木君。それをドライブ気味のクリアでコート右奥へ突き刺すと飛びついての無理な低い体勢からのバックハンドのシャトルは息を殺されネット前へと高く上がった。余裕をもってのスマッシュ。おばあちゃんの先制だ。

「つえぇ」

佐々木君は左手で額の汗を拭った。私からすれば準備運動で十本以上のダッシュはやりすぎたのではないかと思っていた。

その後おばあちゃんの腑抜けたロングサーブは力なく上がり、簡単にスマッシュを決められてしまった。

続く佐々木君のショートサーブに対してセンターへのドライブショットは運よくネットインし、一歩も動けず、二対一でおばあちゃんのマッチポイント。

おばあちゃんはバックハンドに持ち替えてショートサーブを選択した。サーブは左前に曲がって落ちる。フォアでのラケットを引きながらの角度のある切り替えしたクロスについていくが届かずシャトルはコートの外側に落ちた。その瞬間おばあちゃんはガッツポーズをしようとしたが線審の判定はインだ。これにはおばあちゃんも審判へ詰め寄り納得のいかない表情を見せていた。だが僅かにシャトルはライン上に乗っていると線審は譲らず判定はインで二対二。デュースは無い為、これで両者マッチポイント。次のラリーを取った方の勝ちとなる。

「おばあちゃんがんばれ」

私は声援を送った。

「浩二ロングつかえや！」

「佐々木先輩集中です！」

佐々木君のサーブが放たれた。それを予測していた前への動きだしからプッシュを押し込んだ。ラケットを引きながらも体際の低い位置からの難しい返球を強く跳ね返す。これはもう咄嗟《とっさ》に強くラケットの面をシャトルに当てるしかなかった。シャトルはコート奥へ勢いよく飛んでいきラインを越えて地面に落ちたのだった。線審の判定はアウトだ。

結果三対二でおばあちゃんの勝利だった。

思わず天を仰ぎ悔しい表情の佐々木君だった。

おばあちゃんはネット前に行き握手を交わすのだった。

「なんとか勝てたのう。あと一歩やったで」

「いい試合やったっす」

私は駆け寄った。「おばあちゃんナイスや」と言うと「へぇ、もう歳や、なんとかやった」と息をきらせて答えた。

軽トラに乗って、私とおばあちゃんは発進しようとした。すると隆元君が走ってきて言った。

「おい、浅井、いい試合やった。ルールやでなんか貰えるか」

「なんなんそのルール。まぁいいいけど……これ、蜜柑もっていきぃな」

「よし君またいつでも家おいでな。もうももちゃんはおらんけぇど」

「おばあちゃんありがとうございます。おぉ、そうや。浅井、東京いくんやろ。がんばれよ」

「ありがと」

蜜柑の入ったビニール袋を持って隆元君は戻って行った。

「疲れたやろおばあちゃん」

「まぁまぁこんなもんや。ほならいこうか」

軽トラはゆっくりと進んでいった。

「バド野郎」の横を通り過ぎた時、「東京頑張れ！」と佐々木君の大きな声が聞こえたので私は笑って手を振った。

広場では連中のほとんどが、座って蜜柑を食べながら談笑していた。

私は知っている。佐々木君が出席日数が足りずに留年した事を。彼はおそらく来年度、卒業できても進学はしないだろう。そんな佐々木君だからこそ生涯学習の濃い部分が一年延びたなと勝手に思っている。

学習社会の実現で学歴偏重の弊害を是正するとは誰が言ったんだ。体育祭では応援団長として誰よりも声を張っていた佐々木君だったなぁ。そんな事を思い出しながら、私は行き場のない疑問を自分の脳内でまた、分からない誰かに鑑《かんが》みた。

国道二十一号線へ出ると、少しだが交通量が増した。ファミレスやコンビニはもちろん、大きな病院やショッピングモールも立ち並ぶ。開発《かいほつ》まで来ると、中心部の駅まではもうすぐだ。

家からここまでは、途中でアクシデントが無ければ三十分くらいだっただろう。

「新しくできたバイパス通らんかったでなぁ。電車間に合うやろうで」

「うん。ありがとおばあちゃん。帰省するときはまたここまで迎えにきてや。あ、軽トラやなくてヴィッツできてや」

「軽トラもヴィッツも変わらん」

「変わるでな。軽トラ狭いし。そもそも格好悪いやんか」

「分かった。そやけどももちゃん東京行ったらさみしなるなぁ。宏樹《ひろき》のときもそうやった。まぁあの子はこっち帰って来てくれたけどな」

「あ、お父さん大学東京やったけな」

「そうや、中退してるけどな。おばあちゃんも一辺だけ行ったで。なんちゅうまぁ人の多いところやった」

お父さんが大学2年生の頃に、おばあちゃんは人生で初めて東京に行ったらしい。

その時はまだおじいちゃんは存命だったが急な事で仕事がどうしても休めなかったみたい

だ。

朝早く、夜明けが過ぎた頃に電話が鳴ったという。お父さんからの電話は「気持ち悪い。吐きそう。助けてくれ」とのことだった様だ。如何せんそれだけ言い残して電話を切ってしまったのでおばあちゃんも慌てて支度をして車を走らせたという。

高速道路のパーキングエリアで一旦車を停めて、電話で職場に事情を説明し、休みを取った。家を出発してから七時間後、東京の、当時お父さんが住んでいた中野区の下宿先に着くと死んだように眠っていた息子がいたんだとか。

「ほんとに死んでるんやないか」真剣にその一瞬はそう思ったらしい。

取り敢えず救急車を呼ぼうとするとお父さんが急に立ち上がってトイレに行き、嘔吐した。口を水で濯《ゆす》いで一言目に「なんやお母ちゃんか」と言ったのだという。

結局のところ、大学の仲間との飲み会でお酒を呑みすぎて気分を悪くしただけだった様だ。

「あの時は本気で怒ったわ。その後にまた心配してからやっと安心できたんや」とおばあちゃんは話すのだ。息子にあれほど激怒したことはおばあちゃんの人生でもそれっきりだという。それだけ怒れるのは母親しかいない、そう気づいたのは五年も十年も経ってからだと言っていた。

その一年後に私のおじいちゃんは亡くなったと聞いていた。

おじいちゃんが亡くなって、お父さんは大学を辞めて帰郷するという決断をしたのだ。

お父さんには兄弟がいるが、お父さんが長男で、次男に正文《まさふみ》おじさん、長女に茉由《まゆ》おばさんがいる。当時、茉由おばさんなんかはまだ中学生だったこともあり、帰郷するのは致し方なかったのだと思う。

軽トラは駅に着き、ロータリーを進んで、係員の誘導に沿って駐車した。

「どこまでいかれるんです」

「この子見送ったらすぐ帰るでぇ」

「あ、そうですか。あんまり長いこと停めとくとわしらも怒られるでぇ」

「えれぇわりぃの」

「なんも。いいんや」

助手席でその会話を聞いていた私はおばあちゃんに言った。

「もうここでいいよ。ありがと」

「そうか。ほんならきぃつけてなぁ」

「うん。あ、うちのリュックめっちゃ蜜柑の匂いするやんか、もう」

私はリュックから財布とイヤホンを取り出した。

「じゃあ、おばあちゃんも元気で。うちは夜には東京着くで。今日から大人や」

おばあちゃんは私をじっと見つめながら返事をしたのだ。

「まだぁ、背ぇ小っちゃいでのう、ももちゃんは。大人やゆわんでもえぇ。意地張ったってどうしょうもねぇこともあるでな。子供はなぁ、現在をちゃんと生きなあかんのやで。未来があるんやで」

「今を生きろ、ってやつけ」

「そうや、でも今だけやないでぇな。その先もずっと生きるのが楽しいもんやないとあかんのやで」

「うち、いま楽しいよ！　ほな」

私は軽トラのドアをバタンと勢いよく閉めてリュックを背負った。イヤホンをスマホに差し込み、音楽を聴こうとした。

「東京着いたら電話するんやで」

離れた軽トラからおばあちゃんの声が聞こえた。私は手を挙げた。

「うん！　ありがと」

スマホの画面には時刻が表示されていた。十六時二分。

駅構内へ入るとポツポツと人がいた。入って左にみどりの窓口があり、右手にはお土産売り場とコンビニがある。切符は事前にインターネットで購入しておいたので慌てる事は無かった。

コンビニでペットボトルのホットココアを買ってから改札へと向かった。

「間もなく三番線に電車が参ります……」

アナウンスがホームに響いた。

私は停車した特急電車に乗り、まだらに空いている席に座った。

その後、途中の在来線の特急から新幹線への乗り継ぎもスムーズに終えて、約二時間の道のりを残すのみとなった。

新幹線の、私のいる自由席の車内は混雑していて、とても座れる席などなかった。

新幹線が進むにつれ、車内はスーツやフォーマルな服装の乗客が増えてきた。

私は周囲に気を配りながらスマホに繋いだイヤホンで音楽を聴いていた。


車内は微かに、想像だが、東京の匂いがする様な気がした。

それは新しい匂いだった。不安などない。とてつもなく期待している訳でもない。ただ爽やかな憧れを乗せて、東京に向かっているのだ。

あとがき

世の中にはいろんな暮らしをしている人がいます。世の中にはいろんなタイプの人がいます。家から一歩も出ない人、森の中で暮らす人、怒りっぽい人、にこやかな人。毎週ラーメンを食べる人に、ミルクをのむ赤ちゃん。戦争をしている人、海に身を投げる人。犯罪を犯してかつ丼を食べる人（想像です）、屋台でタピオカミルクティーを買って歩きながら飲む人。掃除をする人に、汚す人。

私たちはいろんな人に出会い、影響を受けて成長していきます。一人として同じ人間はいません。すべての人が家族に、友人に、同僚に、他人に、神様に愛されるべきです。私たちの人生や宇宙に一秒も無駄な時間などありません。

親に怒られた朝は、朝食を食べたくなくなります。いじめられたら学校に行きたくなくなります。好きな人に告白してフラれたら教室に居づらくなります。処方薬を乱用したら入院することがあります。子供が生まれて結婚したら残業を断ります。九十七歳になったら老衰で天国にいきます。大雪の日は家族の為に朝5時に起きて雪かきをします。つらいことがあるとパチンコをしたり、ビールを飲んだり、殴り合いの喧嘩をしたり、家出をしたりします。

世の中にはいろんな人がいますが、どんなストレスや問題も、一人で乗り越えられるちからをもっている人なんているでしょうか。いないと思います。孤独な人の周りにも必ず誰かがいます。

命にかかわる病気になったことで深刻なメンタルクライシスに陥る人もいれば、朝髪の毛がまとまらずに深刻なメンタルクライシスを経験する人もいます。

しかし、死ぬのは結構難しいことです。けれども、日本では毎年3万人近くの自殺者がいます。今こうしてパソコンで原稿を書いている時でも、ウクライナでは心臓に穴があいて血を流して人が死んでいます。トルコやシリアで今回の地震で亡くなった人はそんなに多くない、と感じますか？　新型コロナに罹患していま集中治療室にいる人は今夜助かるでしょうか？　いま赤ちゃんを殴っている人がいたら、その赤ちゃんは明日死ぬでしょうか？

当然、死ぬよりも生きることを選んでほしいし、でもどうしても仕方なく死んでしまうこともあります。精一杯、生活することはとても美しいし、つらい場面もある。あなたには夢がありますか。私にはあります。いっしょに楽しみましょう。楽しめそうにない人も、いっしょに楽しみましょう。絶対に楽しむことができない人も、いっしょに楽しんでください。

私が大学生だった頃の夢は起業して社長になることでした。専門学校に通っている時は映画監督になるのが夢で、シナリオの講義が楽しくて仕方ありませんでした。社会人になって何百回と失敗し、その時に宮下奈都さんの「静かな雨」という小説を読んで文章の美しさに感動しました。それで、小説家になるという夢を叶えたいと思って原稿に向き合い始めました。普段、あまり読書をしない私ですが、価値が記憶に残るという面白さは小学生の頃から感じていました。読書感想文の宿題がぜんぜん苦ではなかった、そんな子どもでした。

今回、出版にあたり担当編集者の熨斗さんには大変ご尽力いただき、とても感謝しています。また、代表の山口さんにおかれましても、本づくりの大変さや面白さをその情熱をもって教えてくださり本当に感謝致しております。

この本を手にとってくださった方々に感謝致しますと共に、読んでよかったと思っていただけたら嬉しく思います。

ありがとうございます。

２０２３年２月　山内ゆう

作者略歴

山内　ゆう（やまうち　ゆう）

1989 年京都市生まれ。福井県勝山市出身。京都産業大学経済学部経済学科中退。ビジュアルアーツ専門校大阪放送映画学科卒業。好きな作家はよしもとばなな、宮下奈都。小説「静かな雨」を読んで自身も小説家になることを志す。子供の頃から、サザンオールスターズ、ザ・ビーチボーイズ、シンディーローパー、aiko の曲を好んで聴き、少なからず制作に影響を受けている。地元の名物であるソースカツ丼とおろし蕎麦、羽二重餅、水ようかんが大好き。現在は会社員として営業職に従事する傍ら執筆を続けている。将来の夢は自宅敷地内にミニ動物園を作ること。

ビルを飛ぶ

2023 年 4 月 1 日　第 1 刷発行

著作者　山内ゆう
発行者　山口和男
発行所 / 印刷所 / 製本所　虹色社
〒 169-0071 東京都新宿区戸塚町 1-102-5 江原ビル 1 階
電話　03（6302）1240

本文組版 / 編集　虹色社

ISBN 978-4-909045-49-2
定価はカバーに表記しています。
乱丁本、落丁本はお取り替えいたします。